恋して、歌ひて、あらがひて

――わたくし語り石上《いそのかみ》露《つゆ》子《こ》

竹林館

左から杉山孝子、妹清子、神山薫、叔母親子
（明治32年撮影）

左から父団郎、夫荘平、長男善郎を抱く孝子
（明治43年3月14日撮影）

露子の描いた梅の墨絵（本文230頁参照）
山岡キク氏により「石上露子を語る会」に寄贈

わが涙玉とし貫《ぬ》きて裳《も》にかざり
さかしき道に咀《のろ》はれて行く
『明星』明治 41 年 1 月号掲載
表紙絵は和田英作
（本文 114 頁参照）

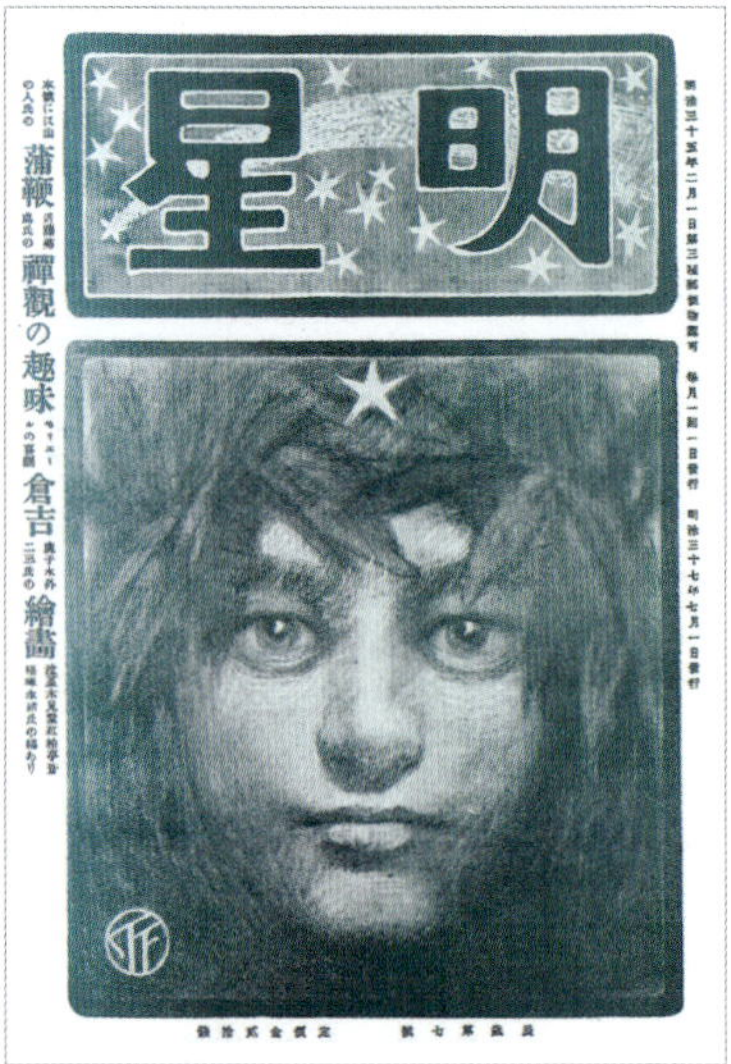

みいくさにこよひ誰《た》が死ぬさびしみと
髪吹く風の行方見まもる
『明星』明治 37 年 7 月号掲載
表紙絵は藤島武二
（本文 84 頁参照）

恋して、歌ひて、あらがひて

――わたくし語り石上《いそのかみ》露《つゆ》子《こ》

目次

この作品は、多くの資料と長年にわたる著者独自の調査と取材に基づいて創作したフィクションです。石上露子ら作中人物の年齢は、当時の慣習による数え方に従いました。

恋して、歌ひて、あらがひて

——わたくし語り石上露子《いそのかみつゆこ》

奥村和子

プロローグ〜花衣に埋もれて

秋の陽ざしが、格子の隙間から大床の間にもさしこむ。庭から吹いてくるさわやかな風がそっと露子の頬をなでる。このところ、ものだるく伏せりがちの日々、血圧も高う、往診してくださる武田先生からも、安静にとかたく注意されていました。

今日はいいお天気、一二畳の大床の間と奥の八畳の四方にはりめぐらせた布紐、早朝からカヨはしっかり張ってくれました。蔵から露子の着物が運びこまれ、掛け広げられ、女紋の雪輪に梅鉢をつけた衣装、杉山家の代々の女たちの衣装まで虫干しされました。

華やかな小袖幕に囲まれて、露子は恍惚として花野に遊びました。

露子は鈍い意識のなかで、はっきりと若いころの小袖を見つめていました。

「ふじ紫」の小袖に「紫に梅の白ぬき模様の襟」。ああ、あのひととの寒い夜のこと、梅の蕾んでいた一九歳の別れの夜のこと。

「緋絽の袖」、夏の日、あのひとと渡った紀の川、あのとき着ていた緋色のあでやかな小袖。

秋の午後の陽ざしがしのび入り、露子はほんのり頬を染めました。体の芯からあつくなってきました。

頭がもうろうとして、なんだか夢のくににいるよう。

露子の好んだ鈍色《にびいろ》や濃紺の訪問着も多くありました。

あの濃紺の着物、浜寺の松林をふたりの少年と連れだって散歩したときのもの。そう、善郎《よしお》はひょろり背の高い色白の少年だったわ。日焼けした好彦は活発な子だったわ。

露子は夢みる表情で微笑みました。美しい青春の絵巻物を見ていました。

突然、世界がぐるり傾きました。

華やかな思い出の小袖を抱きしめて、露子は動かなくなりました。

昭和三四（一九五九）年一〇月八日、露子七八歳。

私の人生は何だったのでしょう。

ひたむきに愛し、あらがった日々、走り続けた私ですが、

私が命を終えるとき、私の人生を語りたいと思いました。

筆のすさびのままに。

第一章　初恋

露子誕生

私の誕生のころのこと、お父さまが幼い私によく語りかけてくれました。

明け初めた山々、金剛葛城の藍色の山なみの裾には白い雲がしっとりたなびいていました。

河内の国石川郡富田林村の杉山家、庭のまあるくふくらんだ青梅に、降りだした雨のしずくがきらり光っていた、そんな朝でした。

明治一五（一八八二）年六月一一日、明け方の奥座敷はざわめきました。

ホギャー、ホギャー、元気な赤子の声が響きました。

妊婦のお母さまに陣痛が起こって以来、隣室で付き添っていたお父さまは、あわててお母さまの枕元に寄ってきました。

「女のお子さんです。ほおれ、元気な赤ちゃんです」と産婆は誇らし気にお父さまに見せます。

くしゃくしゃな顔を真っ赤にして大声をたてて手足をバタバタさせている赤ん坊。

「おうおう、元気やのう、奈美《ナミ》、ようがんばったのう」

「あなた、男の子でなくてごめんなさい」お産の激痛の直後、まだ汗まみれになって長い髪が濡れている産婦のお母さまが、たえだえに答えられる。

「いやいや、元気なややこでなによりじゃ」

おふたりには苦い体験があるのです。結婚四年目に産まれた待望の男児を出生直後に亡くしていたのです。その一年後の出産でした。

目鼻立ちの整った赤子。

「まあ、お父さまによう似てはる」と店の者が言うのを聞いて、お父さまは頬をゆるめました。女の赤子は、すぐにタカと名付けられました。

母ナミ（奈美）は河内郡日下《くさか》村（現東大阪市）の庄屋、河澄《かわすみ》雄次郎の長女、一四歳のとき、七歳年上の富田林の大地主で酒造家の杉山団郎に嫁してきました。祖父長一郎は河澄家から養子にきていましたから、父母はいとこ同士の結婚です。明治一〇年に入籍しているので杉山タカの誕生は結婚五年目にあたります。


そのころの富田林は活気あるにぎやかな町でした。江戸時代からの木綿商、酒造業、醤油業の大家、そこに奉公する大勢の男衆《おとこし》や女衆《おなごし》。農具、荒物、呉服、雑貨、和菓子、寿司、昆布など、堺筋、城之門筋、富筋、市場筋には近郊の農村からやってきた買い物客のためになんでもそろっていました。「安おまっせ、お買い得でっせ」「もうちょっとまけてんか」の掛けあいの声、堺からやってきた魚屋の「いわし、いわし、とりたてのいわし、ててかむいわし」などと大声が飛びかっていました。

私の誕生の二カ月前、お父さまの酒造家杉山団郎の活動が記録にあります。

明治一〇年代から自由民権活動家の板垣退助や大隈重信らは、立憲国として、国会開設を要求し政党結成の活動をしていましたが、南河内でも、富田林の興正寺や甘南備村で演説会が開かれていました。そんな時代の動きのなかで、醸造業者は自由民権運動の最も熱烈な担い手であったというのです。政府の重要な財源である酒造税を明治一三年に二倍に引き上げたことへの反発があったと思われます。明治一五年四月には、お父さま杉山団郎は河内国酒造営業七〇名の惣代の筆頭として酒税減額の請願書を大阪府知事に提出しており、なかなか進歩的開明的なお人のようでした。

明治一五年五月四日、植木枝盛の呼びかけで二〇府県の酒造業者代表は、集会が禁止されていたので、淀川に船を浮かべ、船中で意見交換し、「酒税減額請願書」を元老院に提出することを決めました。父杉山団郎はこの歴史的会合に参加したかどうかは、聞き落としました。

杉山家は、この地方きっての名家であったのでしょうか、明治八年には、政府の大物、内務卿大久保利通が五代友厚らと千早城跡へ狩猟に来たとき、杉山家に立ち寄ったそうです。

明治三三年当時の杉山家の土地総計高は、六一町五畝一九歩で、その地価金は三万二二五九円で屈指の大地主であったのです。

私が生まれてしばらくして、お父さまは酒造りをやめておしまいになりました。江戸、天明期には、仲村徳兵衛さんの次に多い酒造米を誇っていたのですが、お家の隆盛をはかれなかったお父さまのご心痛が察せられましょう。

杉山家の広い邸の、東面や北面には酒蔵――三階造りの蔵は城のようだといわれていましたが――や土蔵がありました。私の幼少のころ、酒蔵に〝また助〟という名の狸が住んでいましたの。〝また助〟は、大和より女狸を迎えての花がえりの道で、狩人に撃たれてしまいましたの。やもめの〝また助〟は、かわいくて家の者たちのペットでした。

祖父長一郎や曽祖母みねのこと

私のおばあさまのツヤ（津屋）ともうされた方は、婿養子を迎えヒロ（飛路）という後の南杉山家として分家する長女をお産みになりましたが、夫を亡くして後、日下の河澄家からまた婿養子を迎えて再婚され、私の父団郎をお産みになりました。

このおじいさま、長一郎と名乗られた方は、ツヤの亡き後、大阪の豪商山本家から若い後ぞいエイ（英）を入れられ、三人の娘、私から叔母にあたるのですが、ノブ（暢）、キサ（象）、チカ（親）を儲けられました。おじいさまは、江戸時代から文人を輩出したという河澄家出の教養ある方で、和歌、謡曲、茶道、漢籍など堪能で、人々の尊敬をうけていました。

長一郎おじいさまは、叔母や私に和歌を教えになり、特に私をかわいがってくださいました。私は杉山家の総領娘として、一族の者や使用人からも特別視されていて、二歳年下の叔母の親子《ちかこ》さんなど、まるで王者のようねと思っていたようです。私は王者のようにふるまい、わがまま放題の娘であったのです。

私が風邪をひいたときのこと、「お医者さまいや」とだだをこねます。「おじいさま見て、先生あっちへ」と。困った大人たちは一計を案じます。大床の間の南の縁側へ、おじいさまと先生、私は大床の間の障子の前、おじいさまは張りかえたばかりの障子を惜しげもなくバリバリとお破りになり、「さあ、ここからお手々をお出し、おじいさまだよ、おじいさまが見てあげるのだよ」と先生が私の脈を取ります。そのお芝居、私にはわかっているのですけれど、だまされた振りをしているのです。

またこんなこともありました。お体の弱いお父さまの出養生について大阪今橋にいた私に、おじいさまはあるとき紙の袋を送ってくださいました。「自分であけてみよ」と。私胸をふくらませて開くと、なんと白い蝶がひらひらと舞いのぼったのです。

私をかわいがってくれたもうひとりの人、お父さまやヒロおばさまの祖母にあたるみね（美禰）という方で、私の曽祖母にあたる方です。私の五歳のときまでお元気で、八十の賀をすまされていました。わずらわしい本家から、南杉山家として独立していた孫ヒロと同居なさっていて、よく本家にお供を連れて来られました。そのとき私だけに、きまって辻うらせんべいをくださいま

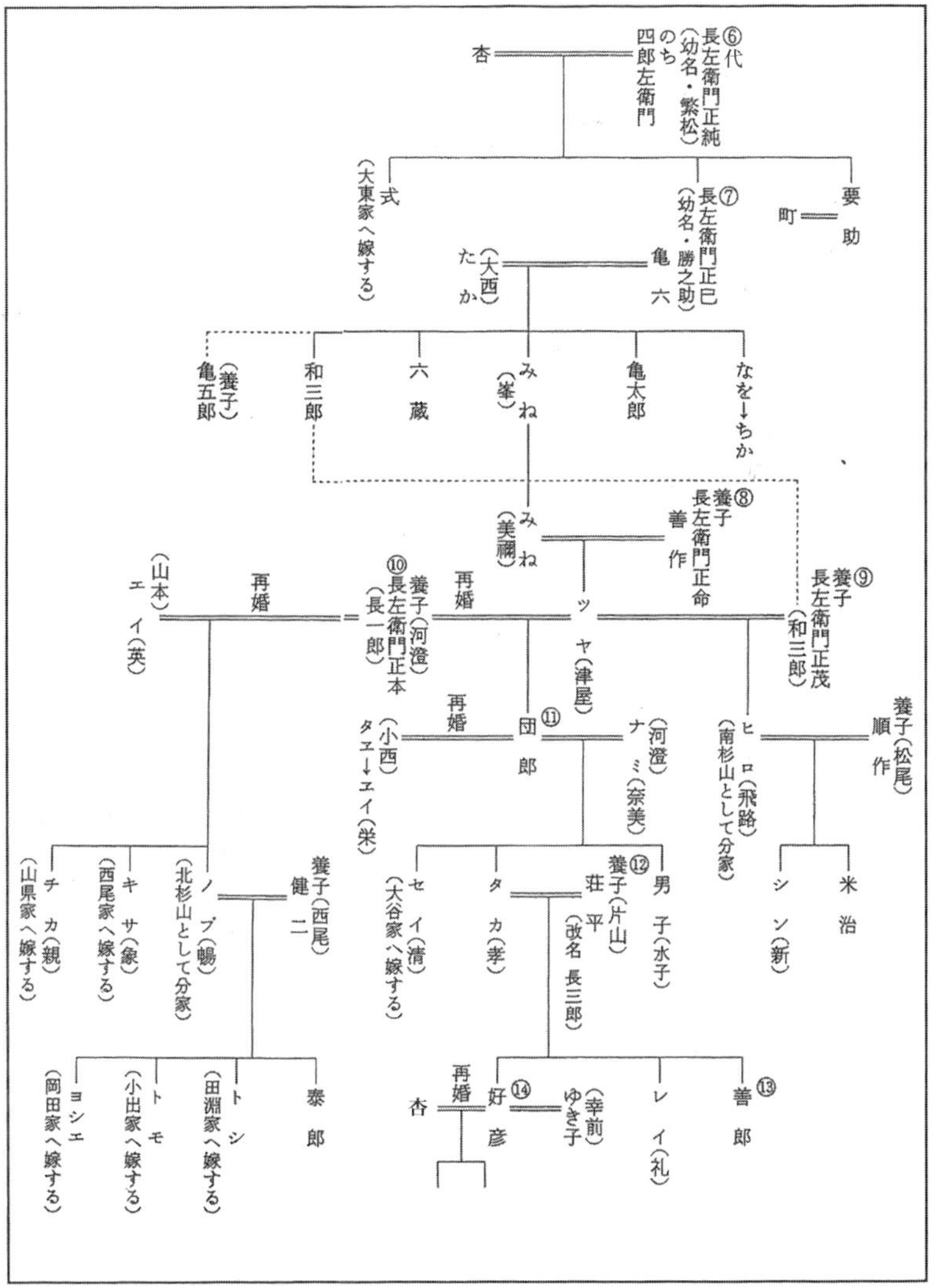

杉山家の家系図（松本和男氏作成）※一部仮称

した。この方は、

　富田林の酒やの娘　大和河内にないきりょう

　椿よいのはお庭のかざり　娘よいのは家のかざり

とまでうたわれたほどの美しいお方、大阪での芝居見物の折など、人々は舞台よりもさじきの上の美しいひおゝば様を見上げたといわれていました。

　この方は美しいだけでなく、おとろえきった家運をよくもりたてて女丈夫とさえ評されたのです。そのころ、使用人七〇人もいたとか。

　富田林のさか屋の井戸は　底に黄金の水が湧く（花が咲く）

　一に杉山　二にさどや　三に黒さぶ　金が鳴る（かねがわく）

という子守歌の流れたのは酒造業で栄えた元禄以降のことでしょうか。

佐渡やは仲村、黒さぶは田守のことです。さどやは上女中も京女ならではとはなやかな暮らし。こちらのひおゝば様は、土地の女相手に糸くる業よりはた織りまでなさり、出来上がった木綿の山、それをそのまま秋祭りに村人のほしいという地曳車の料に与えておやりになったきっぷのよさ。今も蔵には、みねさんの時代の刀杼《とうひ》や筬《おさ》などという河内木綿を織るときの道具がしまわれています。そのひおばあさまとも五歳の春お別れしました。たくさんの方に見おくられた盛大なおとむらい。私は誰かに抱き上げられてお納棺のとき、お花やお菓子がいっぱいの中のお姿を拝むだけでしたが。

大阪へ

私が六歳のとき、お父さまは重い病気にかかられて、大阪へ出養生にゆかれることになりました。

その日、まだ夜の明けぬうちに、お父さま、お母さま、私と三歳下の妹セイ（清）と何人かの女中は富田林を発ちました。まだ汽車が無い時代でした。藤井寺で夜が明け、茶店で休憩し、観音さまへお参りしました。私は楼門をくぐるのに敷居の柱をまたげないほど、小さかったのです。大和川を渡り、四天王寺さんから市内を北にゆき、お昼すぎには八軒家に着きました。

八軒家は古くからの船着き場と聞いていますが、京からの人を運ぶ船やいっぱいの物資をつみこんだ三十石船でにぎわっていました。大川の水はたっぷりとゆたかに流れ、天満橋、天神橋、難波橋が架かっている絵のような景色にみとれてしまいました。

船場あたりは豪壮な店構えの商家が並び、馬車や人力車の往来でこみあっています。あ、そうそう、のちに『明星』でご一緒することになった増田（茅野）雅子さんのご実家の薬種商の暖簾もかかっていましたっけ。

新しく建築された銀行、裁判所、株式取引所の、レンガ造りや洋風建築に私は目をまあるくしていましたよ。なにしろここは大阪の政治経済の中心地ですもの。

私たち一家は八軒家から釣がね町、内北浜を経て魚の棚へ次々と家は変わり、七歳の春には備後橋のつめ、平野屋という昔の両替屋のままなのを、半分戸襖で仕切って仮住まいしました。この家は後に継祖母《まま》の姉にあたる辰村縫叔母さまが嫁せられた家でした。

ほんの一、二カ月との出養生が四年にもなりました。お父さまは新町（立売堀）の緒方病院で治療されていました。回復なさってきたお父さまは、緒方収二郎院長（緒方洪庵のお子さん）や野田要吉（号は別天楼）さんと句会で活躍なさったり、朝日新聞記者と政治のことなど楽しそうに談笑していらっしゃいました。お母さまは富田林の複雑な大家族と離れて親子水入らずの気楽な暮しに、お若くなられたようでいきいきとしていらっしゃいました。

私は、にぎやかな天神さまのお祭り、お渡りを見るのに、お船に乗りましたし、近くの文楽座にお芝居に連れて行ってもらったり、楽しい毎日で、すっかり町の子になってしまいました。

小学校はいくつか変わりましたが、内北浜のころから愛日《あいじつ》小学校へ通いました。靴を履いた裕福な船場の子供たちも通っていました。明治五年にこの地区の人たちによって創設された建学の意気溢れる学校でした。両替商「升屋」の家を改築したもので、番頭であった山片蟠桃《やまがたばんとう》という偉い学者の寄贈による和漢の書籍や、西洋の本なども書庫にあり、自由に教えられました。お若い先生たちは、珍しい西洋の国のことや文明国にふさわしい考えなども話してくださるのです。好奇心いっぱいの私の質問にも丁寧に答えてくださいます。この学校でのことといつまでも忘れることはないでしょう。校長の高橋先生は、引っ越しの荷物の蔭に小さく手をついた私と妹に「よく勉強しなさいね」とおっしゃっていました。お父さまには、「お子さんを田舎で教育するよりは、女学校までこちらにおかれたら」とすすめてくださったとか。

でも、一〇歳のころには、富田林に帰り、妙慶寺の小学校二年の下級に編入学しました。学校の作文と習字の時間が嫌いになりました。だって、愛日の先生はいろんな想像したことまで書きましたら、いつもほめてくださったのに、ここでは「拝啓何々から早々頓首まで」とか「何々を人に送る文」とか同じことを書けといわれる、ちっともおもしろくありません。私が「この品進上仕り候」とだけ書いてすましていましたら、そのときの先生のお困りになったお顔、今でも覚えていますわ。

寺子屋の師匠であった先生の、「読み書き算盤」の実務に役立つ教育だったのでしょうね。先生も生徒もこんなにいやなきたない学校。後ろの席の男の子、伸ばしかけた私のおさげの髪のはしを珍しそうに引っ張るのですよ。わたし、泣きたいぐらい。

ああ、いやだいやだ。帰りたいもとの学校へ。

私が尋常小学校卒業後、学校と御縁があったのは、一四歳になったころです、継祖母が急に発案して、大阪の里方、今橋の山本家から、開かれてまもない大阪の堂嶋の女学校（幾多の変遷を経て、現大手前高校）に通うことになりました。私は正式な学校に入るのがうれしくて、いそいそと上阪しましたわ。けど、おおらかな平易な授業にはあきたらなかったのです。はげしい心を持つ野生の私ですから。当時の女学校は家政科が中心で男子の中学校教育よりレベルが低かったのです。数カ月後、叔母ノブさんの学んでいた梅花女学校に転校しました。クリスチャンによる新時代にふさわしい学校で、理学や英学の授業は新鮮で私の好学心を満たしてくれました。ノブさんや、家に長くいらした継祖母の姉さんの辰村縫子さんもクリスチャンでしたから、私もキリスト教の人道的な倫理観にも影響された気がします。なにより、男女が互いに助け合って社会をつくる、という女子教育観が気に入りました。女子教育に熱心な成瀬仁蔵《なるせじんぞう》という方が校長だったころでしょうか。でもどうしたのでしょうか、一年にも満たないのに、家から呼び戻され中途退学せねばなりませんでした。

商業と文化の町富田林

ここで、私のふるさと富田林のむかしを紹介しましょう。

富田林寺内町は一六世紀半ばに、本願寺の一派、興正寺の証秀上人が、南河内を支配していた守護代から、富田の「荒芝地」を銭百貫文で買収。ここに興正寺別院を建てて近隣四か村の庄屋株を持つ有力百姓「八人衆」によって開発されました。「八人衆」の一人が杉山家の先祖であると伝えられています。

一八世紀の宝暦三（一七五三）年の富田林村の古地図によりますと、東西、南北とも約三五〇メートルの四角い村のまわりに、土居を設け、東西七町、南北五筋の道路が通されていました。外に通じる東高野街道や平尾街道、千早街道への出入り口に四門が設けられ、朝夕に開閉していたとか、私の生まれたころとほとんど変わりません。

時代は江戸末期から私の生まれた明治中頃に移りましょう。

春、河内野は真黄色の菜の花畑で埋まります。灯火に使う菜種油を採るためです。

夏、水田の苗が青々と茂るころ、黄色い綿の花が咲き、秋にはこんもり白い綿の実が結びます。百姓たちが精魂込めた菜種作や綿作で、河内野は美しく彩られます。働き者の河内女の夜なべ仕事、糸をつむぎ機織りするトントンという音は村に響いていたのです。丈夫な河内の木綿は人気があり、藍染めされた勢い溢れる大胆な図柄は人目をひきます。

南河内の中心地である富田林

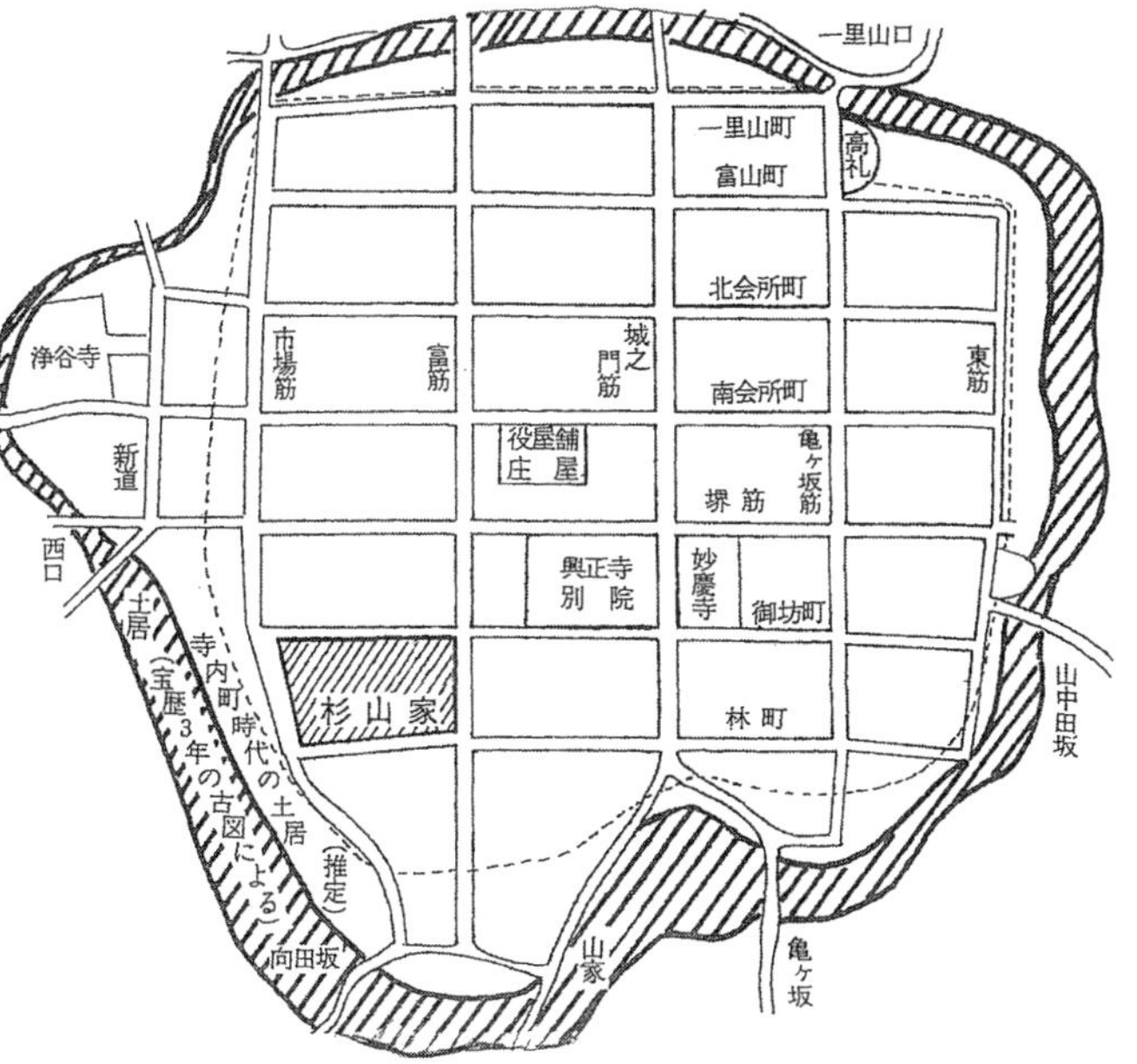

富田林村の古地図『富田林市史』二巻より　※杉山家の位置を追加

は、油を搾る職人や商人、紺屋、晒屋、布屋、木綿屋などの業者でにぎわっていました。

油や木綿は、石川を剣先船で北に下り、大和川から大坂や堺、滋賀の長浜まで流通したのです。

杉山家の「わたや」という屋号のいわれは木綿問屋であったのかもしれません。

富田林には他に、酒造業が栄えていました。天保時代（一八四〇年）には六軒の酒造家がいたという記録があります。

〃水勝れて善れバ酒造る業の家数の軒をならぶ〃と「河内名所図会」にありますが、富田林は水質がよく、商人たちは近郊の農地の地主を兼ねていましたから、米を容易に手にすることができたのです。

最盛期であった天明期から寛政期（一八世紀、終わりごろ）のトップは仲村徳兵衛で、二一三五石の酒造米高を誇り、江戸にも出荷していました。二位は、私の先祖、杉山長左衛門、一一〇三石でした。

しかし幕府の管理強化や増税、伊丹や灘の酒に圧され、次第に衰微してゆきます。明治政府も財源に酒税増税をかさねています。お父さまの杉山団郎が、明治一五年ころ、酒造りをやめたのはそのせいでしょう。

このような経済の繁栄は、南河内に文化の花を咲かせました。

南河内には富田林と並んで大ケ塚《だいがつか》という寺内町があります。一七世紀半ばにここの地主であり油商人であった人は「河内屋可正旧記《かわちやかしょうきゅうき》」を書いています。

可正は主張します。家業家産の維持に心くだくほどの者は、自分の生活と心身の衰えをすくうような「芸」を身につけるべきだと。「芸」とは、読み書き算用の上に、能謡曲を身につけよというのです。

元禄や宝永年間には地主や商人たちがこぞって御堂や自宅でも興業したり、自ら演じたりしています。

杉山家の大床の間には二畳の広い床がありますが、障壁画には狩野派絵師、狩野杏山によって勇壮な老松が描かれています。おそらくここで、能が演じられたのでしょう。

俳諧も一七世紀半ばころから普及しはじめ、当主はむろん、女性子供、山仕事に従事する人にまで流行したというのです。もちろん杉山家の大事な教養でした。

杉山家の娘たちの習いごと

大商人は子供の教育に熱心でした。男の子は一〇歳ごろになると、能謡曲をならわせられました。謡曲の台本は古典文学を踏まえ、伝統的な語彙や知識を身につけさせることができますし、仕舞は身体的作法的な訓練を教えこむことができるからでしょう。お能は武士の教養とされたものですが、地主や富裕商人にとって大切な教養であったのです。酒造家や木綿業の仲間意識を円滑にするためにも、趣味感覚の共通意識が必要だったのです。杉山家の記録簿「万留帳《よろずとめちょう》」には「六月十日　一拾九貫百目　同二十八日　十九貫六百匁……九月二十三日　十六貫八百匁」と演者の体型保持のための涙ぐましいダイエットの記録があります。

女の子にも男児に劣らず教育しました。七、八歳から琴、華道、茶道、上流階層でも裁縫は必須だったのです。

杉山家の娘たち、私たち姉妹や叔母たちも幼少時から習いごとに明け暮れました。一流の先生が家に滞在され教わりました。私は何にでも秀でていて、「男の子やったら」と父団郎をくやしがらせたということです。

通常の娘たちの習い事以外に、私は、画技に夢中になりました。風俗画のような娘姿が得意で、絵に歌も添えてみました。後に、京都時代でしょうか、訪問着の裾に金泥の山水画を描いたりしました。

書にも親しみました。娘時代の嫁いだ妹にあてた手紙など、溢れる思いを書いたのびやかな書体です。京都時代にさらに書道にいそしみ磨きをかけました。『冬柏』の歌の色紙の文字は満足に書けたと思います。

しとやかな大家の娘が、なぎなた、鎖鎌まで、とみなさん驚きになりますが、上流階層の女にも武道は勧められていたのです。勝気なはげしい内面をもっていた私ですから、たすきがけで、刀をふりまわすのは、結構楽しく気の晴れるしぐさで、案外様《さま》になっていたのかもしれませんね。

私は上方舞が殊に気に入り、五、六年うちこみました。金扇を採って身を構えるとき、つらいことも忘れて踊りました。道頓堀の檜舞台の発表会のときなど、お師匠さんが「こちらのような大家のお嬢さんでなかったら、舞の道に」とため息ついておられました。あながちのお上手口だけでもなさそうで、「まあなんて勘のいいこと、きりりとした動き、あふれる艶やかさは、華やいだ上方舞にぴったりだわ」とほめてくれた人も。あのまま、突き進んでいたら、私の歩いた道はちがった道だったかも、と思うのです。

杉山家の二階の一室には、杉山家代々の蔵書が所狭しと積みあげられていました。古くは江戸寛永のころからの、漢詩文関係のものが多く、謡本、二十一代集の和歌、物語、草子、軍記物、俳諧、実用的な医書や日用書などです。私は幼いころから源氏物語も活字本でなく木版本に親しんでいました。

お母さまが、叔母のきささんやちかさんに日本外史の素読をさせていらっしゃる、私はその傍で、空を見上げて、遠がえるの声にうっとりしている、そんな風景が甦ります。

私に古典を読む能力を与えてくださったのは、継祖母の姉さま、辰村縫子という方です。なぜか、杉山家に長くいらして、とても利口な方で、複雑なお家のいざこざにまきこまれずに、局外に立っておられました。私たちに源氏物語や、馬琴の弓張り月やおとぎ草紙など、おもしろく語ってくださいました。でもこの方、お幸せでなかったようで、さみしそうなお顔を思い出します。

私はお裁縫より本を読むのが好き、いやなとき、つらいときには、本棚の隙間に入って、読みふけりました。ほこりっぽい匂いもなんのその、です。

万葉集の、誰が園の梅の花そもひさかたの清き月夜にここだ散り来る、なんて庭の梅を眺めながら、きれいな歌ね、とつぶやいたり、君が行く道の長手を繰りたたね焼きほろぼさむ天の火もがも、という茅上娘子《ちがみのおとめ》の激しい恋に胸を躍らせたり、書庫は私ひとりのひそかな楽しい空間でしたわ。

源氏物語は杉山家の娘たちには大好きなものがたりでしたよ。私たちは、源氏物語袖珍本という小さな冊子を競い合って読んだのです。

私の一一、二歳のころでしょうか。三、四日泊まりこみのお茶の宗匠さんを送りだしたあと、のこり火を囲んで、お母さまと梅花女学校からもどっていたのぶ子さんがとりとめもない品定め。

「紫の上はお清《せい》さんね。かわいくて素直でかしこくってね」とのぶ子叔母、

「そうね、心ばえも姿も玉のようにきれいね」

とお母さまも私も納得する。

「じゃあ、私は」と聞きますと、

「あなたは明石上ね」とお母さまは即座に答える。

「気位の高いところがね」私もうなずく。

明石上はそんじょそこらの男になびくくらいならいっそ海の底に入るわ、と、ついに光源氏の寵愛を射止めた女性。田舎の学校では、男の子が「大きくなったらおよめさんにもらう」なんてはやしたてるけど、私はぷりぷりしている。私も光源氏のようなお婿さんを選びます、そう言いたかったのです。

「弘徽殿《こきでん》の女御《にょうご》は南杉山家のヒロ姉さま、ねたみ心の深さまでそっくり」と皆で笑い合う。右大臣家の弘徽殿の女御は桐壺帝の正妻、桐壺更衣《きりつぼのこうい》にねたみ嫉みの悪役の女性です。

お父さまの腹違いの姉さんのヒロは南杉山家として分家しているのですが、私よりも一歳年上の米治という男の子をもっていて、本家に執着していて、私と米治との縁組をねらっているとか。別家《べつけ》（小作地や家政の管理人）の者もそれにつくのもいて、わずらわしいことです。

私、このヒロさんの亡くなった夫の順作さん、甘南備《かんなび》の松尾家から入婿した人ですが、いつも私をからかっていた人で大嫌い、縁起かつぎのヒロさんとは話があわない。ヒロさんも嫌いです。それにのぶ子叔母の下に、私と同じとしごろの象《きさ》と親《ちか》がいて、表面はさりげなく仲良くしていますが、ことごとく張り合うさまです。

「なんとこの家の複雑なこと、むつかしいこと」とお母さまはよくかこっておられたのです。

母は離縁

私の一三歳の春のこと。私は、ただならぬものをひそかに感じていたのですが、なにやらさわがしく大事が起こったように、使用人も暗い表情でひそひそ話。お家全体が暗雲に覆われたようなのです。

そのころ、町のうわさを聞いたのです。

「杉山家のご寮はん、養子の三次と不義をはたらきはった。蔵の中で抱きおうているのを、家のもんが見たそうや」

うわさは狭い町中に伝播して、子供ですら耳にしていたのです。うすら笑いの含み笑い、卑しく口元をすぼめながら。なにしろ富田林一の名士のお家騒動、これほどおもしろい芝居はないのですから。

三次は、私が、兄さまとよんでいた人、去年の秋からお父さまのお手伝いだと田守家（黒さぶ）から来ていて、仕事の覚えも早く気配りもできる三次は、お父さまやお母さまのお気に入りでした。将来は私のお婿さん候補としてこの三月には入籍しました。事件はその直後に起きたのです。

そんなお兄さまとお母さまとなにかあったなんて、うそ、うそ、私は信じません。

「ご寮はんは三〇、三次は一九、亭主は病弱とやら、年増の女も魔がさしたんや」

口さがない村人の妄想、私は耳をふさぐ。

お母さまはどんなにお辛かったでしょう。このところ、私や妹にもものもいわず、蒼いやつれたお顔が痛ましく思われました。

四月のころでしょうか、庭のツツジが鮮やかに咲き誇っている夕べ、大人たち、お里の河澄の叔父さまや、親戚の方まで集まられて、「詮議」とやら。

「私は三次さんとのこと、なにもありません」

お母さまはしっかりと言われました。

お父さまは、自分を助けて家政もしてくれていた妻奈美を信じていらっしゃいました。お二人が仲むつまじかったのは、私たち子供にもわかります。長一郎おじいさまも、姪の不始末をなにかの間違いだと思っておられたのです。

「火のないところに煙はたちませんよ、あなたが蔵の中で、長い時間三次といたのは、家の奉公人が証言しているのですよ」

　きつくお母さまをにらみつけて言うのは、継祖母エイでした。

「それは、雛飾りやお膳を、蔵の中にしまっていたのです。やましいことはしていません。私は潔白です」

　とお母さまの泣きそうなお声。

「団郎さん、妻の不義密通は男の最大の恥ですよ。名家である杉山家の恥辱です。すでに町の人は知っています。なんとかせねばなりません」

　と南杉山家のヒロは腹違いの弟であるお父さまにせまる。

「奈美は姦婦、これがひと昔前なら、亭主であるあんたは、姦婦を処分し妻敵討ち（めがたきうち）せねばならぬところです」

　とエイもきつくお父さまをせめる。

　父団郎が、義母エイや姉ヒロに促され、妻奈美を問いただす前に「うわさ」が流れていました。町の地主や有力商人の寄り合いでも、皆うわさを知っていたのです。妻を信じたい、妻を離したくない、それがお父さまの本音でした。

　一方すでにうわさが事実になってしまっている。それをほおっておけないのです。

　男の面子として、夫の面子として。世間体がある。杉山家の格をまもらねばならない。

　お父さまは、そのようにお考えになり、離縁を決断なさった、と私は思うのです。

　かわいそうなお母さま、かわいそうなお父さま、おじいさまも、姪の離縁に心痛められたのでしょうね。

お母さまが日下のお里へ帰ってゆかれる前日の夜のこと、私はお母さまのお袖にとりすがり泣きました。

「あたしだって、お母さまとご一緒にお里へゆきたいのよ、お家、こんなお家なんか」

「あれ、この子としたことが、あれほど言いきかしたではありませんか、それは清ちゃんは、小さいから母さまが連れてゆくのです。お前はお家に残って父さまに孝行しなければならない身。お前ね、いいかえ、父さまはお体もお弱いから、人一倍お前がしっかりしておくれでなくては。お前は父さまのおあとを継いで、立派な人になっておくれ、この母さまは、それを、ただそれを楽しみに淋しい田舎のお里へ帰ります」

そういってお母さまは、お袖をお顔にお押しあてになったまま、奥の方にいっておしまいになられました。

かわいそうな妹、一〇歳の幼さでは大人の事情はのみこめないでしょう。

明治二七（一八九四）年の初夏のある朝、庭にやってきたホトトギスが、血を吐くような甲高い声で鳴いていました。お父さまや使用人の見送りもなく、家の西側の門からひっそりと、妹をひざに、手代一人がつきそうて人力車で帰ってゆかれました。私は唇をかみしめてお別れをしました。

お母さまが去られて、お家の実権は継祖母エイの手に移りました。南杉山家のヒロ叔母さんが、米治と新《しん》の二児を連れてひんぱんに出入りし、家事のとりしまりなどと、使用人に用を言いつけていました。

お母さまが長年目をかけられた女中に「まさ、くれぐれも孝や清のこと、たのみますよ」と言い残しておきになったのに、継祖母の気に入られずにまさは出されてしまいました。

私はおじいさまお父さまに近づくことも少なくなりました。

私はひとりぼっち、私は孤立させられていく。私のこころはねじけてゆく。

大雷鳴の起きたお昼すぎのことです。辺り真っ暗、天地もくだけるようなすさまじい轟き、家の者は大人の男たちも皆一所に集まる。「お嬢さま、こちらへお越し」と私を呼びに来る。でも私は動かない。またひとり来る。私は行かない。一番遠くはなれた私の部屋で、雷が落ちてもいい、落ちるなら落ちよ、そして火をはけ、と小半日を一人座り続ける。

呼びに来る人のなかに継祖母はいない。この人は母を憎んだように私を憎む。この人は特権のように私の衣装たんすを開け、

「まあ、この子は、こんな小袖や帯、半襟、まで持っていて」

と家計の切りもりの上手なお母さまが丹精こめて整えてくれたものをかき回すのです。私は抗議もせず、そしらぬ顔、ただじっと唇をかんで。

一カ月後、妹はおじいさまに連れられて日下から帰ってきました。さぞお母さまとの別れに泣いたでしょうね。さびしそうなあわれな妹、姉の私はどう慰めの言葉をかけてあげたらいいのか、言い方もわかりません、私とて、まだ一三の少女でしたから。母と引き裂かれた姉と妹、深いあ

きらめと悲しみが私の胸をしめつけます。素直な子は、お母さまによく言いきかせられたのでしょうね、黙ってその晩からおとなしくままおばあさまと寝たのです。

おじいさま、祖父長一郎は、離縁騒ぎに心痛められたのでしょうね。その年八月の末、堺の日置荘《きしょう》に行かれて滞在先の古家《こげ》家で九月、急病でお亡くなりになったのです。一三年間、私を見守り可愛がってくださったおじいさま。

明くる年の一周忌には、清や親らとともに私もお手向《たむけ》の歌を詠みました。

大ちゝもこよひの月をたゞひとりながめ給はむ苔の下より　孝子
亡き父が残す教の鏡ぞとおもへば清し秋の夜の月　親子

明治二七（一八九四）年、かねて朝鮮を支配し、清国とあらそっていた政府は日清戦争を始めました。富田林郡役所管内のこんな田舎からも五〇人に非常召集令が発せられたのです。明治になって富国強兵といって、年貢にあえぐ農民に兵役が加わりましたが、徴兵は過酷な命でした。杉山家に一時四〇人もいた使用人もすこしずつ整理されてきました。私の心もおちついて、無事な日が流れてゆきます。

妹の清子と叔母の親子《ちかこ》さんは小学校に、中の叔母のお象《きさ》さんと私の勉強が本格的に始まります。杉山家に滞在された家庭教師の秋田先生が最初の先生、毎日規則正しい時間割で向学心に燃えている私は必死です。私は算術の時間などに力を入れました。このとき、初版の『言海』を買っていただいたのを、知らないことを真新しい辞書でしらべるのがうれしくて。

勉強は大奥の南側でしました。小鳥の声などして、私は時間外にも、読書や作文に夢中でした。そのころ落合直文先生の文が大好きでした。

お象さんとは、お琴のおけいこやおさらえをご一緒しました。継祖母がつききりで、私のおさらえには「孝は、音がきつすぎる、お前さんの性根のようや」などと針のような小言、私はなれっこになってしまって、「また始まったわ、お母さまを追い出して、杉山の天下をおとりになったのに、まるで継子いじめ、何がお気に召さないのだろう」と勘ぐってみる私なのです。

継祖母の発案で大阪の女学校へ通うことになったのは、先にお話ししましたね。一年もたたずに、呼びもどされたり、継祖母のきまぐれでしょうか、ヒロおばさまは私が女学校に入るのを、ひどく反対されたり、総領娘の私をめぐって、あれこれ争闘があったのでしょうか。

私が一六歳のとき、お父さまの異母妹、私の叔母にあたるお象さんは、お嫁にいかれました。裁縫の上手なおとなしい方です。お歳は一七歳、私よりひとつ年上だけ、このころの結婚年齢としてちっとも早くはないのです。

八尾の旧家西尾家、江戸時代から続く嶋屋という両替商、西尾正治郎の嫁になりました。

このころ、継祖母は、長女のノブおばさんの北杉山家へ移っていかれました。

私にも縁談話があってもおかしくないのですが、私は学ぶことが楽しくて、楽しくて。奥庭の木蓮の白く咲く下で、お母さまがなさったように、親子さんに大学や中庸の素読をするのです。

また、新しく来られた声の美しい男の先生について唐詩選など朗誦していました。お父さまも聞いてくださったのは、山吹の咲き乱れ地虫の鳴く宵のころでした。

女学校は卒業できませんでしたが、家庭教師によって、漢籍や古典や数学も学ぶことができました。

また、私は、ひとり部屋にこもって、絵をかいたり、その絵に歌をつけたりして、心慰みました。

一二枚を綴じる「もしほぐさ」などという絵入りの小画帳をつくり、ひとり悦にいっていました。つたない一六歳の記録です。母娘三人の幸せなときを思いうかべて詠い画きました。

袖のみか心の露もいとしげしかきくらし降るさみだれの宿

これには、美しい、憂いをひめたお母さまのお姿を描きました。

妻琴のしらべにかよふ松虫のこゑうらさびし秋の夕ぐれ

奥の間で私が琴をつま弾きます。お母さまが琵琶で合奏します。傍らで清子が聞いています。庭には萩が揺れています。

父の再婚

お母さまが離縁された翌々年に、お父さまは周りの勧めもあって再婚なさいました。新しいお母さまは、和泉の小西家から来られて、うわさの通り大柄な美しい方でした。ヱイという継祖母と同じ名前がまぎらわしいというので、たえ、妙子と呼ばれるようになりました。三〇歳というお歳でしたのは、なにかご事情でもあったのでしょうか。

数日前、私と妹の清は、お父さまからお呼ばれしてお聞きしました。

「新しいお母さまの言いつけをよく聞くのだよ」

お父さまはすこしいかめしいお顔でおっしゃいました。

清子と私はうなずきました。けれど幼いころに乳母やお母さまのお膝で聞いた継子いじめの物語など思い出されて、ふたりで手を取り合って継子の運命を嘆きました。

婚礼の日、学校から帰ってきた妹は、「お前んとこ、今日から継母にかかるんだぞ」と言われて泣きべそかいていました。

大床の間の松の襖絵の前で、うす水色の色留め袖を着た母は、たしかに目鼻立ちの整った方でしたが、京から裁縫を教えにきていた遠縁の、平素すこし醜いと見えていた晴れ着をきた大和さんより、きれいとは思いませんでした。継子、私のねじけ根性のせいなのでしょう。

なんだか、お父さまが小さく見えました。

私たち姉妹は振袖を着て、「清子です。孝子です。これからよろしうお願いします」と頭を垂れました。私たちを見おろす御目の光のきつさを感じたのは、私のねじけたこころのせいかもしれません。

　どうしても実のお母さまと比べてしまって、この方に親しむことができませんでした。素直な妹の清子でさえ、この人のこと「あの声でとかげ食ふか、ほとゝぎす」などと書きつけて、私に目配せするのです。

　継祖母も、ずいぶんいじわるな方でしたが、継祖母を陽とすると、継母は陰性といって、はばかりません。

　後のことですが、明治三六年、長女ノブさんの分家した北杉山家がノブさんの死後、夫さんは北米へゆき、すっかり気弱になった継祖母が四人の孫を連れて本家にもどろうとしたとき、強く反対したのはこの継母でした。やさしさのない方ですね。私は無視して家に入れて面倒をみることにしましたが。ノブさんの遺児は泰郎、トシ、トモ、ヨシエというまだ幼い子供たちでした。

　継母は叔母の親子には、やさしくしていたようで着物や小物をあげていました。

　かたくなな私には継母も手を焼いたのかもしれません。

　夫婦っておもしろいもの、なんでもテキパキと俊敏に動いていらしたお母さまと対照的で、継母妙子さんは、スローなのんびり型、お父さまはこんな方と、結構仲良くなさっていたのですもの。

神山薫先生

ああ、神山　薫《こうやまかおる》先生のことを思うと胸があつくなります。大好きな先生、私のお姉さま、お母さま、先生に抱かれて私の青春がありました。

忘れもしませんわ。明治三〇（一八九七）年、わたしもうすぐ一六歳、石川堤の柳が青々と五月の陽光に光っていました。柳の葉のようなピチピチした若鮎が釣れだしたころです。

「ごめんくださあい」玄関に人力車が止まり、大きな声が響きました。待ちかねていた私たちにうれしい緊張がはしります。

背の高い方、短く断髪した方が、お入りになります。

お父さまと継母、私、清子、親子がお迎えしました。その日から先生との快活な日が始まったのです。

三年前、お母さまを離縁なさってから、殻にこもったような寡黙な長女と幼くてさびしそうな妹のふたりの娘の姿をみると、罪深いことと、お父さまは思われたのでしょうね。この感受性の強い娘はどんな思いで耐えているのか、いつの間にか、唇をかみしめた顔つきが習い性になってしまった私を見て、なんとかせねば、と。娘の話し相手になる姉のような家庭教師を家に入れよう、聡明な娘の才能をひきだしてくれるほどの教養ある方を。そこでお知り合いだった朝日新聞の記者の方の斡旋で、神山先生が住み込みの家庭教師として来られることになったのです。

河内の人なら誰でも知っていますが、お引越しするときにお参りする堺の方違え神社の神主さんの妹にあたる方だそうです。

先生のお部屋は、新二階と呼んで、おじいさまが日下から婿入りされたときに造られた中二階で、南と東に窓のある風雅な居室です。ここで先生は四年間ほど過ごされたのです。

今まで、数人の先生が家に入られ、私たちに漢籍や日本の古典、算術など教えてくださっていましたが、神山先生のお勉強は新鮮でした。

自由民権運動や、福沢諭吉の「学問ノススメ」、など新しい思想や政治のことも、私には、すうっと理解されるのです。大きなお声でおもしろおかしく語られるのですから、お父さまにも聞こえていたようです。お父さまも新しい時代の思想に元々ご興味あったものですから、神山先生のこんな授業にも満足のご様子でした。

北村透谷の「恋愛は人世の秘鑰《ひやく》なり、恋愛ありて後人世あり、……」というコトバにはびっくり、

「恋っておとこのひとにドキドキすることなんですか」

と思わずつぶやいてしまった私。清子も親子も先生のお顔をじっと見つめています。

「恋をすると、人生のいろんなことがわかってくるのよ」と先生。

私もいつか、すてきな人に恋をするのかしら、と庭の赤い花を眺めました。

　まだあげ初《そ》めし前髪の　　林檎《りんご》のもとに見えしとき

　前にさしたる花櫛《はなぐし》の　　花ある君と思ひけり

明治三〇年に出版された島崎藤村の詩集『若菜集』は皆で声をそろえて歌いましたよ。

先生の来られる一年前、樋口一葉って女性作家が亡くなりました。たった二四年の薄幸の人生

を生きた人、先生と「たけくらべ」や「にごりえ」の話をしましたよ。花街に生きる女たちの哀しい生も知りました。

このころの私、新聞小説でもなんでも読みました。博識の先生に感想など聞いていただくのがうれしくて。

一番好きだったのは、泉鏡花という作家、流れるような美文は身に沁みてくるほど。「照葉狂言」「外科室」、後の神秘的な「高野聖」や「歌行燈」。

先生は部屋にこもってばかりいるのはよくない、とお父さまを説得なさって、芝居見物や花見や紅葉狩りに私たちを連れだされました。

あの断髪で長身の男装のような姿で、闊歩されるのは爽快でしたよ。夜など「旦那さまお合乗りを」と辻待ちの車夫に声かけられて、みんなで笑いころげましたよ。

明治のころ、女は不自由ですから、活動的な女性は男の恰好をして、男のふるまいをしたようです。後のことですが『青踏《せいとう》』の平塚雷鳥《ひらつかさいちょう》や尾竹紅吉もそうでしたね。

楽しかったわ、あのころ。先生の来られた翌年、須磨の浦の海水浴場で泳ぎましたの。清子、親子、先生、私、みんな水着着て、ピチャピチャ波を撥ねてはしゃいでいましたよ。浮かんで眺めた空の青かったこと。素足で歩いた砂浜のあぶられるような熱さ。

私たち、海を見ながら、こころも体も解き放たれた感じ。何本もの紐でくくられていた私、裸になって、素足になって、いい気持ち。

そのころ、海水浴などする人、まして若い娘など珍しかったのです。須磨は松林の続く景勝の地。山に囲まれた富田林から出て、この地にあった別宅で、私たち夢のような日々を送りました。すっかり明るくなった私、唇を噛むこともなく、みんなと笑っている私、そんな私にお父さまはご満足の様子でした。

東北の旅

明くる年、明治三二（一八九九）年初夏のころでしたか、夕餉のあと縁で涼んでいましたおり、先生はお父さまにおっしゃいました。

「お願いがございます。孝子さまは利発なお嬢さんですね。歌のみち、漢籍、なんでもすぐに習得なさいます。新しい時代の学問もご理解が早いです。これからの女性として、外の世界に触れさせてあげたい」

「先生のおかげで、孝子は笑うようになりましたわ。ありがたいことです。わしはこの娘のためになんでもしてやりたい」

「東京に私の親戚の家がございます。長田《おさだ》清蔵《きよぞう》といいまして旗本直参の筋で、海軍兵学校の教授をしていました。その家で滞在して、どんどん進展していく東京をお見せしたい。新しい文化に触れさせたいのです。東京から足をのばして、日光や水戸、できましたら、みちのくの白河の関を越えてみたいのです」

先生はいつものように、はっきりした口調で申し出なさいました。

「ほお、東京へ行っておくのもいい体験ですな」

先生をすっかり信頼していたお父さまは、かんたんに許してくださいました。

大好きな先生とふたりきりの旅。

東京、みちのくの旅、私の胸は期待ではちきれそうでした。

継母は渋いお顔。先生の言うがまま、路銀を惜しみなくお与えになるお父さまへの不快感がお顔にあらわれていました。

「月日は百代の過客にして行きかふ年もまた旅人なり……」先生と私は、車中でも、朗誦していました。俳句をたしなまれていた先生と白河の関、衣川、松島、と芭蕉行脚の跡をたどりました。

帰路、水戸の宿での体験は、思い出しても震えるほど、怒りがこみあげてきます。

水戸のさる一流の旅館に宿ったときのことです。私たちの部屋で夕餉の卓につこうとしていたら、女中がそっと障子を開けるではありませんか。酒気をおび赤ら顔の髭面の男三人、卑しげな眼で私たちを覗き見しているのです。

「無礼、無礼」先生は立ち上がり、大声でどなりました。私も真っ赤になって、なにやら叫びました。

女だから侮辱されたのです。いかに宿の主は侘びようと許すことはできません。文明国などといばっていますが、立派な蓄髯《ちくぜん》の紳士の正体を見た思いです。このいやな記憶は、後に『婦人世界』に投稿しました。

東北の旅の悦びと疲れを持ち込みながら、東京の長田家に着いたのは、明治三二（一八九九）年八月の末でした。

東京麹町区紀尾井町三番地、宮城の西の高台にあり、かつて旗本の屋敷町であったのですが、こんもりと樹々の茂る閑静な住宅街でした。

その日の夕方、主人の長田清蔵、光子夫妻と五人の男の子たちが紹介されました。お父上は商船学校の講師をされていました。神山先生のお父上のお姉様にあたる方が長田家に御輿入れされ、清蔵さんがお生まれになったというのですから、神山先生と清蔵さんはいとこになるというご関係です。

長田正平との出会い

私は、このとき、マーキュリーの校章のついた一ツ橋の帽子を被った青年長田正平《おさだしょうへい》と初めてお会いしたのです。切れ長の澄んだ目、ひきしまった頬と口元、白い歯が光る、眉目秀麗という語を私は思いました。このときの私は旅装を解いて、私の好きななでしこ模様の単衣《ひとえ》で一八歳の小柄な身体を包んでいました。

きれいなおひと、正平さんは小さくつぶやいたよう。

「大阪から来ました。杉山孝子と申します。お世話になります」

私も小さな声でごあいさつしました。

正平さんは、視線をそらさず私を見つめていらした。その視線の熱さを感じて赤くなった私の頬を、庭からの風がしずめてくれました。

食卓の西側の窓を背にして、座っていらした正平さんのがっちりした背の向こうに、残照の西日が赤く染められていました。

世継ぎの人と、紹介されました正平さんは、二一歳の高等商業学校本科(現一橋大学)二年の学生さんでした。

明くる日から、神山先生と私は、東京見物です。大勢の人の行きかう活気ある町、洋風建築の堂々とした通り、新しい文化の息づく東都です。正平さんは、展覧会、音楽会、近代演劇や歌舞伎まで案内し、楽しく解説してくださいました。その年の一一月まで、滞在してしまいました。

正平さんと私、なにより好みがご一緒だったのはうれしいことでした。日本画だけでなく、当時珍しかった西洋画も、東京で見ることができました。琴を弾く私が、ピアノやバイオリンの音色を耳にすることができたのは正平さんのお蔭です。正平さんから、新しい風がどんどん吹いてきます。とりわけ、私たちの共通の話題は文学についてです。正平さんも歌を詠まれるのです。

私たちは、時の経つのを忘れて歌の世界に没頭しました。なんと幸せなひとときだったでしょう。

旅人の私ですが、長田家に冷たい雰囲気を感じていました。

もう帰阪の日も近づいたある日、御堀のよどんだ水を見つめながら、正平さんはぽつりぽつり語られました。

「僕の実母イワは、僕が府立一中二年生の年、僕の一五歳のとき、姉を連れて家を出ていきました。父が父の赴任先江田島から帰京したとき、愛人光子と父との間に生まれた子を家に入れたからです。僕の母、姉、実弟のいる家にです」

私は、一三歳の私の生母と離別した境遇にあまりに似ているのに驚きました。正平さんも私も悲しみ泣きました。御堀に泳いでいるアヒル、母アヒルの後を小さい子供アヒルたちがはぐれないように追って泳いでゆきます。正平さんのさみしそうな横顔を見ながら、このとき正平さんに恋している私に気づいたのです。紅葉が散ってあざやかに水に浮かんでいます。

このひとといると、話がはずみます。このひととこころが通い合う、このひとといたい、このひとがとても好き。恋するってこういうことなのかしら。

でも、つつしみふかく、はじらい恋する私たち、抱き合うこともできません。

またたく間に東京を去る日がやってきました。私はぼんやりと考えていました。私は杉山家の跡継ぎ娘、お父さまから常々聞かされている、周りの者たちもこのことを疑わない。正平さんは旗本直参の立派な家系を継ぐ長田家の長男、世継ぎの人と紹介されました。ふたりとも家を継ぐという約束された掟に縛られている、どうしよう。

正平さんも私を恋している。ひとりの男を恋するとは、うれしいこと、春の蝶のようにウキウキすることではないの。どうしよう、私の恋ごころは素直に飛ぶことができないなんて……。大阪への帰途、汽車にゆられながらそのことばかりが私の心を占めるのです。

再び東京へ

明くる年明治三三（一九〇〇）年、庭に来るうぐいすも、上手になって、ホーホケキョ、ホーホケキョと春をうたっています。娘盛りの杉山家の娘たち、私一九、清子一五、親子一七、南杉山家の新子《しんこ》一六歳も加わりました。神山先生を慕って先生のまわりは花が咲いたようです。

そのころ新聞では、皇太子（大正天皇）の成婚の祝賀のムードをかきたてておりました。先生はパレードで賑わう東京に娘たちを連れていくことになりました。若い女中の春も同行、計六名の一行です。

娘たちは計画を知って、大さわぎ。

「東京へ行くの、どんなとこやろ。ええ着物持っていかなあかんし」

いちばん年長の私はいつものように静かにうけとめましたが、胸の鼓動の高鳴りは抑えることができませんでした。

あのひとにお逢いできる、あのひとのお声、あのひとのお姿、を思い出し、悦びを隠しきれませんでした。

明治三三年五月三日、一行は出発し、この夜は梅田ステーション近くの杉山家の定宿「越智」に泊まります。翌朝大阪を出、途中名古屋で宿泊し、翌日の五日朝一〇時過ぎに東京、新橋に到着しました。三日がかりの長旅だったのです。

娘たち、清子、親子、新子のはしゃぎようったらありません。弁当を持ち込み、ペロリ平らげ、持参のお菓子もポリポリ。――彼女らの食欲の旺盛なこと、この旅では、浅草で団子を買い、日光では塩煎餅、宿では春に芋を買いに行かせることもあったんですからね。

初夏の車窓の風景は真新しい緑の山と海がひろがります。「うわー、海、海よ、見て、見て」と富田林では見慣れない車窓のパノラマに大歓声。賑やかな娘たちのおしゃべり、その輪からそっと離れて正平さんを想うわたし。

新橋駅に迎えに来てくださった正平さん、半年ぶりの逢瀬に私の胸はときめきます。雑踏のなかで、私たち、目で確かめ合うしかできないのですが……。私は彼の瞳に再会の喜びの光を見つけました。清子や親子たちは初対面のやさしそうなお兄さんににっこり。

正平さんは、この日から、毎日のように、京橋の宿「紅木屋」に来てくださって、案内してくださいました。高等商業学校本科二年生の三学期、授業の合間を縫って早朝、時には夜にも宿においでになりました。

上野公園、動物園、浅草、風月堂、二重橋、靖国神社、遊就館、増上寺、泉岳寺、浅草、墨堤……。日光に足をのばしたこともあります。毎日皆は疲れを知らず動きまわりました。花の季節です、上野公園のつつじが燃えるように咲いていました。

五月一〇日、上京の目的だった皇太子ご成婚の還幸の日です。お上りさんでいっぱいの街、清水公園で一番前に陣取りましたが、人波に押されて後方に。堀端に移動し、めでたく皇太子とお妃の美麗なお姿を拝しました。元気一杯の娘たち、この夜は都の雑踏にも繰り出しました。

五月三日に富田林を発って、一九日午後三時に家に帰り着きました。

およそ二週間の旅でしたが、結婚してしまったら、おそらく家から出て自由に行動できない女の人生ですから、娘たちにとって、この旅は最高の楽しい思い出となったことでしょう。


そうそう、にぎやかな娘集団とは別に、私だけの場を正平さんは設けてくださったのです。

五月一四日、浅草界隈を観光した折、小説家村上浪六氏のお宅を訪問しました。私が新聞小説に夢中なのをご存じの正平さんのはからいでした。同じ大阪・堺出身の浪六氏はご母堂さま、ご夫人とともに歓迎してくださいました。

五月一七日、こんどは、神山先生と私だけが正平さんの案内で、有名な小説家巌谷《いわや》小波《さざなみ》宅へ伺いました。

この日は「木曜会」といって、小波先生が主催されている文学会に参加できたのです。小波さんの弟さんの春生さんと親友の正平さんも会員でしょうか。

若々しい文学青年たちは侃々諤々《かんかんがくがく》、熱気あふれた場に圧倒されました。詩人の蒲原有明さんや永井荷風さんも会員だとか。私も、好きな文学にかかわってみたいと思ったことでした。

この折、「木曜会」の門下生、黒田湖山という人から、声をかけられました。

「文明国になったとか言っていますが、女の方は男と違ってたいへんな苦労をしています。この五月一〇日に女性のための新聞が発刊されました。僕の小説『妻匂い』が載っていますので、お読みください」
そう言って私に「婦女新聞」創刊号が手渡されました。発刊されたばかりで、インキの匂いが初々しいのです。なんでも、福島四郎というまだ二十代半ばの青年が、男性中心の世の中で女性の地位向上のための女性読者の新聞を出されたというのです。福島さんは、不幸な結婚生活を強いられ夭折したお姉さんの生涯に義憤を感じられ、新聞発行を決心されたというのです。私は飛びつくようにして、その誌をいただきました。

このとき正平さんが、私にくださったもう一つの誌、それは、私の人生にとってとても大切なものでした。

それは、この年、明治三三（一九〇〇）年の四月創刊された『明星』第一号でした。タブロイド版一六頁八枚の体裁ですが、めくってみて私はその文芸誌の中身に圧倒されました。和歌、新体詩、小説、俳句はもちろん、ドイツのゲーテの評釈まであるのです。執筆者の面々は驚きです。新体詩は、島崎藤村、薄田《すすきだ》泣菫《きゆうきん》、蒲原有明《かんばらありあけ》、小説は広津柳浪、当世一流の人たち、私の好きな泉鏡花の文もあるではありませんか、主幹は短歌会をゆるがしていた与謝野鉄幹さまです。定価六銭です。

私は身体に電撃が走るような衝撃をうけました。

東京の旅は華やかな文明に触れる旅でしたが、私にとって、私の内面を揺さぶる衝撃的な出合い、「婦女新聞」と『明星』を知った旅でした。これら二誌は、この後私の青春を彩ることになるのです。

帰途の車中、娘たちのおしゃべりをよそに、むさぼるように読み続けました。

二週間の六名の東京への旅は、ずいぶんな散財でありました。神山先生は、元々お金に無頓着なところがあり、湯水のごとく消費なさいました。お父さまは、よく許してくださったものです。継母は不満に思っていたようですが、そのころの杉山家の経済がもちこたえたのでしょう。先生は二〇銭でよいところを、貧しそうな車夫には三〇銭はずむようなお人でありました。

東京の旅から帰ってまだほとぼりも冷めないころ、先生は私に言われました。

「長田正平さんにはずいぶんお世話になったわ。一度こちらにご招待したいわ」

「先生、とてもいいことですわ。さっそくお父さまにお許しをいただきましょう」

神山先生と私は、ご機嫌よろしいときをみはからって話をすすめました。

「たしかに長田さんには、宿といい、案内といいお世話かけたようだ」

お父さまには異存はなかったようです。反対のさしたる理由もなかったのです。

学生である正平さんの都合を思いはかって、この夏休み、八月下旬にご招待することになりました。このころは地主の仕事も閑な時期ですし、お盆の行事も済んだころですし。

近くの名所旧跡を案内しましょう、と神山先生のプランで、残暑厳しい折だし、紀州・和歌の浦と高野山への旅ということになりました。

今度の旅も上京した娘たちと同じメンバー、むろん娘たちは、すっかりなじんでお兄さまと慕う正平さんの来阪におおはしゃぎ。

石川原の月見草

同じ年、正平さんは富田林に来られました。あのひとは追うようにして私のもとに来られたのです。

八月の二〇日、夕方、人力車のきしむ音がしました。家の前で止まりました。待ちかねていた私たちは駆け寄りました。

「お兄さま、ようこそいらっしゃいまし」

娘たちは大きな声で歓迎しました。

「こんにちは、お世話になります」

快活な若者の声がしました。高等商業学校の制服を着た凛々しいお方がお見えになったのです。お父さまも初対面の正平さんを気にいられたご様子です。夕食の宴のにぎやかなこと。

夕食の後、私はたそがれの石川原に正平さんをお誘いしました。狭い町に若い男性と散歩などできませんもの。

南杉山家の脇の急坂の小道を下り、小川に架かった小板橋を渡りました。石川に合流するいくつもの小川には、小さな板の橋が架かっているのです。

「このあたり、初夏のころにはうばら（ノイバラ）がいっぱい茂っているのですよ。可憐な白い花が咲いて、ほのかないい香りがするのですよ」

「いい散歩道ですね」

正平さんは、私の言葉にうなずいてくださいます。

きりりとした眉根と大きな澄んだ瞳、なんども想いだして待ちかねていたお顔が、今すぐおそばにあるのです。私は夢の中にいるようで、正平さんの横顔をそっと見つめています。

河原に出ますと、夕風は残暑を払いやさしく頬をなでてくれます。せせらぎの音が響きます。チッチッチッ、「ちどりが鳴いていますわ」私の声もはずみます。正平さんも微笑んでいます。

もち月の月あかりの道を、私たちはさざれ石を踏んで歩みます。

「あの遠くの正面の黒々とした高い峰、右側がこごせ、金剛山、左側はかつらぎ山といいますのよ」

「ずうっと左手の、ふたつのコブの山は二上山です。万葉集に大津皇子を悼む大伯皇女《おおくのひめみこ》の歌があります」

足元にピンクの河原ナデシコが見えました。

月見草がつきかげで明るく輝いています。

「ああ、ここにも、あそこにも、ごらんなさいませ、月草草がいっぱい」

私は黄色の花を摘んで正平さんに見せました。

恋し合うふたりのたいせつなひとときなのに、言いたいことがいっぱいあったのに、言えませんでした。

「お逢いできてうれしいです。胸がはりさけるほど……」

あなたが好きなのです、そんな言葉さえ言えません。せつない想いがつのります。

まつよい草のほのかな想いを胸に秘めているだけ。

紀州の旅

明くる日、かっと照りつける朝日、南河内の残暑は厳しいです。

八月二二日、にぎやかに私たち一行七名は人力車で出発。西山を越え狭山駅から高野鉄道で大《お》小路《しょうじ》駅（現堺東駅）へ、また人力車に乗り港に近い南海鉄道の堺駅に着きます。

堺駅から乗車、一路紀の国へ向かいます。「きーてきいっせいしんばしを　はやわがきーしゃははなれたり　あたごのやーまにいりのこるつーきをたびじのともとして……」清子、親子、新子は声をはりあげて歌いだします。

昼過ぎ、終着駅和歌山北口に到着、下車して人力車で紀の川の木造りの橋を渡ります。紀州徳川家の松の枝葉に見え隠れする荒れた天守閣を眺めつつお城の町を横切り和歌の浦に着きました。

眼前に広がる黒々とした岩をむきだした干潟、寄せる白波、蒼い空。きらめく海。光りあふれる和歌の浦。妙なる景色を前に、私たちは声を呑んでしまいました。

　　和歌浦に潮満ちくれば潟《かた》を無《な》みあしべをさして鶴《たづ》鳴きわたる

思わず、万葉歌人・山部赤人の歌を口ずさんでいました。

宿はあしべ屋、入り江に向かって立つ三階建ての眺望のいい老舗旅館です。

宿の裏は鏡山、その脇には、玉津島神社、夕方さっそく散歩にでかけました。

「こじんまりしたいい社ですね」と私。

「祭神は天照《あまてらす》さんの妹君、稚日女尊《わかひるめのみこと》、息長足 姫尊《おきながたらしひめのみこと》それに美しい衣通 姫尊《そとおりひめのみこと》、みんな女神ですからね」

「浴衣姿の皆さん、まるで衣通姫だ、透けて輝いているよ」と正平さん、いつになく、恥ずかしいくらいの大胆なほめ言葉をおっしゃいました。

「ああ、はまゆうが咲いているわ」

たそがれどきにくっきりと浮かぶ白い花びら。万葉人は、幾重にもからまる花びらのように恋しくてならないと歌いましたが、正平さん、あなたのこと、慕わしくて、恋しくて。

明くる日は、終日和歌の浦の名所見物、先生は南海鉄道の案内書――なんとあの有名な宇田川文海先生が書かれた――を片手に、断髪を海風になびかせて颯爽と歩かれます。絢爛豪華な紀州東照宮、和歌浦天満宮。不老橋あたりでは、漁師たちが小舟を連ね、海水に身を浸して海苔を採っていました。ひりひりと南国の太陽が照りつけます。

片男波《かたおなみ》の海岸では夏の名残を惜しむ海水浴客がいました。

「うわー私らもおよぎたいわー」と清子や親子らは裾をからげ波とたわむれています。

正平さんと私は貝を拾います。


和歌の浦に袖さへ濡れて忘れ貝拾へど妹は忘らえなくに

小さなさくら貝をそっと私の手に載せてくださいました。一瞬、瞳にさびしさを見たような気がしました。万葉集の古歌のように忘れ貝を拾ってもあなたのこと、忘れられない、と瞳は語っていたのです。

夕方宿の正面の妹背山に行くことになりました。山という名ですが、干潟に向かってつきだすようにまんまるいこんもりした南国の樹の茂れる小島です。

紀州特産の青い石で造られた三段橋を渡り、娘たちは東面の浜で遊び、真正面の紀三井寺の堂塔を眺めます。

正平さんと私は皆から離れて多宝塔への急な石の階段を登ります。すべりそうになる私のあぶなかしげな足元、差し伸べられた正平さんの手、汗ばんだあったかい手、私たちは妹と背、ほんものの妹背になれないけれど、今ひとときの妹背、握りあう手に力をこめて、私と正平さんはそう思いました。恋人らしいコトバを交わすこともなく、恋慕う思いを手で確かめあうのです。そのひととき、磯辺から娘たちの声が遠ざかりました。

あしべ屋には二泊いたしました。

　翌日、たしか八月二四日でしょうか、紀の川沿いにさかのぼり高野山に向かいました。和歌山駅から船戸駅までだった紀和鉄道が、粉河駅まで延伸され、この日が開通日だったのです。神山先生の事前の調査はほんとうに緻密ですね。

　車窓にはのどかな田園の風景が広がります。ふくらんだ青い柿の実、稲穂はほんのり黄色です。桃はうす桃色に熟しています。汽車は夏の終わり、季節のうつろいを運びます。船戸駅には祝いの旗、旗です。新しく架設された鉄橋の下をみんなでのぞき見しました。川幅はせまくなってて急流が水しぶきをたてて流れています。終着駅粉河駅に着いたのはお昼すぎ、すぐに人力車に乗り、橋本に向かいました。

　橋本の東家《とうげ》宿は大和街道と高野街道の交錯する所で、江戸時代から、旅人でにぎわっていました。

　私たちは、その交差点の角の宿「河内屋」で高野山の行き帰りに旅の疲れをいやしました。宿の前は菓子屋、親子らはさっそく春に団子を買いにゆかせました。

　夕方、宿からすぐ近くの松ヶ枝《まつがえ》橋に散歩しました。橋の脇に一本の松の木が植えられ紀州藩の一里塚が建てられています。橋の上で川風をあびながら、ここから北東の斜面に広がっている寺や商家を眺めます。味噌屋醤油屋呉服店たいへんな繁盛ぶりです。南側には悠々紀の川が流れ、渡しにたむろする荷役の人や高野詣の旅人の動きが見えます。薄暮に対岸の常夜灯のあかりが灯されました。停泊する三十石船や渡し船で川もにぎやかです。

翌朝、宿の「河内屋」から、用意された駕籠に乗り高野山に向かって出発です。船着き場はすぐそこ、常夜灯のあかりがまだ点いています。夜がほのぼのと明けてきました。

一行は駕籠のまま渡し舟に乗りこみました。舟にはふたつの駕籠しか乗れません。神山先生はテキパキと指示なさり、正平さんと私の駕籠が一艘の舟に乗るようにはからってくださいました。

たっぷりと流れていく青い水、私は駕籠からそっと降りて船べりに、緋色の単衣《ひとえ》の絽の袖をかきあげ、水に手を浸してみました。ひんやりと心地よい朝の水です。

「この川は」とお駕籠の人に問うてみました。

「紀の川ですよ」とあのひとの声、低くやさしいお声が、朝もやの中に流れてゆきました。ふたりだけの舟の中です。言葉をかわすこともなく、私は、あのひとの熱い思いを抱きしめていました。清らな水の上のたまゆらの幸せだったのです。

幸いの時は止まってくれません。舟は紀の川の急流を掉さし横切り、ほんの数十分くらいで対岸の三軒茶屋に着きました。一行はそのまま駕籠に乗って紀の川沿いの街道を学文路《かむろ》へ走ります。学文路とは学問好きの弘法大師さまにちなんだ地名だと伝えられていますが、私は遊興の街にいた禿《かむろ》ではないかとふと思うのです。

高野山に登る道は平安時代以来の慈尊院から町石をたどる古い道があるのですが、私たちは、江戸時代にもっとも栄えた不動坂道を行くことになりました。麓の学文路から高野山山頂の女人堂までの一一・五キロの急坂の続く最短コースの道です。

学文路で山駕籠に乗り換えました。きつい斜面を行くので駕籠かきは前方ひとり、後方ふたりで担います。客は竹で編まれた簡単な腰掛に座ります。駕籠かきの男はほとんど裸で、「えっさ、ほいさ」と汗だくになりながらいくつもの峠を越えます。徒歩でゆく人のために、急坂には、「腰押し女」がいて、文字通りおいどを押す生業《なりわい》があるのです。私は体をゆさぶる激しい振動に耐えながら、駕籠から落ちないように竹の棒を握りしめていました。

　最初の宿場の河根《かね》で休憩、丹生神社の急坂を下ると、道の両側に旅籠や茶店が並んでいます。茶店には餅や団子、串刺しの鮎の塩焼きがならんでいていい香り。本陣の中屋旅館で私たち一行は駕籠を降りて昼食をとりました。中屋旅館は格式のある本陣で、高野詣での講の札が掲げてあります。亭主が挨拶に見えて、得意げに話しました。

「この山の近くで、明治四年に仇討《かたきう》ちがありましてな、二年後には仇打禁止令が施行されましたから江戸時代最後の仇討ちですわ。赤穂藩政のゴタゴタで殺された村上真輔の子息らが前日にここに泊まって、敵を待ち伏せていましてな」

　親子らは熱心に聞いていましたが、私はあまり関心がありません。

　河根宿を流れる丹生川は碧く、岩に急流が白波立てていて、美しい渓谷でした。川に架かる赤い千石橋を渡るとまたきつい坂です。

　いくつかの峠を越え、最後の宿場は神谷《かみや》です。夕刻に近づいていましたが、高野から下りてくる人、登る人で宿場はごった返しています。「精進おとし」というのでしょうか、三味線や男たちを誘う嬌声も聞こえてきます。私は、こんな風景見たくありませんし、私たちの旅にはふさわしくありません。正平さんはどう思われたのでしょうか。

極楽橋に着きました。不動坂というここからの上りは最後の難所です。坂はつづら折り、「四十八曲がり」弘法大師のつくられた「いろはにほへと……」にちなんで「いろは坂」とも呼ばれています。私たちつっかえ棒をしっかり握って揺れて、揺れて。やっと坂を越えると目もくらむばかりの崖っぷち。その名も万丈転（ばんじょうころがし）、なんと山内で罪を犯した者の手足を縛り、崖から突き落としたという刑場なんですって。

駕籠かきの人足たちの息も荒くなってきました。下の渓谷の水しぶきが見えます。岩清水が落ちてきました。正平さんはすばやく降りて、ひしゃくに清水を入れて、私にさしだしてくださいました。

「高野の水です。甘露ですよ」

この数日ですっかり日焼けした正平さんの白い歯がすてきです。

「さあ、最後の坂や」

清不動堂からの急坂、人足たちの掛け声も勢いづきます。

花折坂、花を折って大師さまにささげたという坂、正平さんは、野菊を摘んで私や親子たちに手渡してくださり、私たちは置かれていた大きな花瓶に活け、大師さまに野菊をささげました。

まもなく女人堂につきました。女たちはここまでしか来られなかったのです。高野山の入口にあり女人結界の場所です。巨大な堂塔の並ぶ高野山の北のはずれにひっそりと法灯を灯しているのは、男の陰になって生きる女のようです。

神山先生のお話では、高野山の女人禁制が解かれたのは明治五年ですが、実際はお山の規則が優先していて、私たちが二泊も滞在できたのは、清浄心院さまの特別なおはからいがあったとか。それにしても、私たち華やいだ娘が男ばかりの世界に飛び込んできて、さぞかし坊さまの目を奪ったことでしょう。

高野山の堂塔のはざまに夕陽が沈むころ、奥の院に隣接する清浄心院の坊さまに迎えられました。

「ようこそ、お越しくださいました。お父上さまから丁重なお手紙をいただいております」と住職さまの威儀を正されたご挨拶にとまどいました。

寺は焼失を免れ、一八五六年建立当時のたたずまい、檜皮葺の屋根、重厚な彫り物のお玄関、桃山時代の枯山水の中庭、巨大な注連縄《しめなわ》と四つの釜のある庫裏《くり》、高野山のなかでも最も格式のある寺とか。宝物いっぱいご所持で、私たちは、中将姫の九品曼荼羅や運慶の阿弥陀如来像を見せていただきました。

私たちの部屋から見た燃えるように赤かった百日紅《さるすべり》の花が、今も脳裏に浮かんできます。

明くる日は一日中、一里四方の盆地に建立された高野山の名所めぐり。

本山の金剛峯寺、高野山真言宗三千六百ケ寺、信徒一千万の総本山で、とにかく壮大なのです。大屋根も、お部屋も、仏さまも、なにもかも。根本大塔は焼失したままなので、御影堂や三昧堂にお参りしました。高野山の西の入り口にはドンと天空に大門が控えていました。二層の朱色の雄姿、緑青の大屋根、両脇のいかめしい金剛力士像を眺めていますと、俗界の小さな私が空に飛びたっていく思いがします。いえ、いっそ飛んでいってしまいたいわ、正平さんとね、と正平さんを見つめましたら、あのひとの瞳に青い空が映っていました。

清子や親子たちは、なんといっても石堂丸が父を高野に訪ね来た悲しい父子の別れのお話が大好き、由縁の寺刈萱堂で興味ふかく過ごしました。

標高八五〇メートルもの山上にある高野の夕べは涼しくて快適です。精進料理をいただいた夕餉のあと、住職さんの案内で、奥の院の弘法大師御廟にお参りすることになりました。

参道の両側には何百年も経た杉の老木がそびえています。月あかり、灯籠のあかりをたよりに、一の橋から御廟まで二キロの道を、墓石や供養塔を見ながら歩きます。

「見て、見て、千姫さんよ、明智光秀や織田信長の敵同士のものもよ」先頭をゆく娘たちの明るい声が薄暮のしじまに響きます。

「あしたで私たちの旅、おしまいですね」

私はさびしくなってそうつぶやきました。一行からすこし離れて後尾をゆく私と正平さん。いきなり、黒い影が私を傍らの大木に押し付けました。厚い胸と腕がからむように私を抱きしめました。私の唇を覆うもの、あったかい、激しくもえる生きものが私の内に入り込んできたのです。

「あなたをはなしたくない」

一瞬のことでした。私は涙を流していました。

高野山を下り私たちの旅は終わりました。

夏の終わり、かがやいていた私たち。

娘たちの前には、狭い家に入らねばならない道が待っています。

忘れがたい青春のときめきの旅でした。

別れの夜

明治三四（一九〇一）年正月、正平さんは富田林にお越しくださいました。高商の冬休みに来ると高野山で約束していたからなのです。

その日、金剛山は裾野まで冠雪し、凍りついたような透明な青い山です。石川原には、花はなく、すすきが白々と寒風にさらされていました。

正平さんは、夜行の疲れも見せず、お元気に玄関に立たれました。

私の胸は、朝から躍るように高鳴っていました。

「ごめんください。長田です」

さっそく奥の大床の間にお招きし、お茶をさしあげました。

「お疲れでしょう。ようこそいらっしゃいました」

私は神山先生の横に座り深々と頭をさげました。

夏の旅から四カ月しかたっていませんのに、なつかしさがこみあげてくるのです。

お父さまや継母は、なぜか前のときのように歓迎してはおられなかったようです。

正平さんのお越しを聞いて、娘たちも集まってきました。正月の晴着で装った娘たちで座敷はたちまち華やぎました。一七歳になった親子の結婚が決まっていました。

明くる日は、百人一首のかるた取りです。「天の原……」「みちのくの……」神山先生が上の句を読み上げげになると、すぐ「はーい」「はーい」と娘たちの声が響きます。

私は和泉式部の「あらざらむこの世のほかの思ひ出に今ひとたびの逢ふこともがな」と口ずさみつつかるたに手を伸べました。

この歌のように、逢いたいと願いつつ逢えずに終える人生を送ることになろうとは、つゆ知らなかったのですが……。

正月の膳を皆でいただいた後、娘たちが座を去り、お父さま、継母、神山先生と私が残りました。その座に正平さんは改めて正座し、きりだされました。

「お手紙でも申しあげていましたが、お願いがございます。

私はこの七月に東京高等商業学校を卒業いたします。

こちらのお嬢さまとのお付き合いを許していただきたいのです。これまで、東京やこちらさまで孝子さまと親しくさせていただいて、そう決意いたしました」

お父さまは、すこし驚いた顔つきで、しばらくは沈黙されていましたが、ゆっくりときりだされました。

「あんたはうちの孝子が杉山家の総領娘であることをご存じかな。この娘は嫁にやるわけにはいかん。

それとも、あんたはんが、この家に婿にきてくらはるおつもりか。聞くところによると、あんたも由緒ある旗本直参の長田家の跡継ぎではないのか。

大体こういう話は、長田家の父親はんから、ちゃんと筋を通してもらわんことにはどうにもならん」

「いえ、父と相談したわけではございません。私の決意です。孝子さんを愛しています。正式にお付き合いを認めていただきたくて」

「そら、あかん。無茶な話や」

お父さまは、昂奮気味で言われました。

傍で話を聞いていた神山先生は口をはさまれました。

「お父上さま、ふたりは愛しあっています。正平さんは真面目な青年です。孝子さんも……」

「あんたは黙っときなはれ。

大体あんたがいかん。こんな男を近づけて」

私は思わず声をしぼるようにして言ってしまいました。

「お父さま、お願いです。私も正平さんが好きです……」

「なにを言うんや。勝手なこと言いなさんな。

愛してるやの、好きやの、そんなんは野合《やごう》と言うんや。お前は杉山家の跡取りや。そない簡単に他所《よそ》にやるわけにはいかん」

お父さまは、強い調子で宣告されました。さらに残酷なお言葉でした。

「長田はん、あんた、今後一切うちの孝子に近づかんといておくなはれ。もう二度とこの家に来んといてくれなはれ」

黙っていた傍らの継母はつけくわえて言うのです。

「あんたが孝子はんと河原を歩いているだけでも、町のうわさになってますねん。嫁入りまえの娘に傷がつきますよってな」


夜が更けました。

大奥の部屋、日ごろ私が書を読んでいる丸窓の部屋が、客人正平さんのお部屋でした。

私は声を忍んで泣いていました。

神山先生は、思いがけないお父さまと正平さんのやりとりに、胸のつかえがおりかねたのでしょうか、早々に二階の自室にこもってしまわれました。

ふたりだけの夜でした。寒い一月の夜でした。

ふたりの悲しい熱気を放つかのように、正平さんは書棚の上の丸窓の小障子を半ば開けられました。

風もない霜夜でした。枝をさしだした墨絵のような黒々とした梅の木に、霜の降りた蕾だけが白く見えました。

高島田を結った私は、琴の上にうなじをたれて、悲しみに耐えていました。琴をつま弾くこともできず、私の泣く声が琴の音のようにしじまに響き、千鳥の簪はささと揺れるのでした。

その夜、正平さんは好んでくださいました。白粉を塗らない私の顔、黒髪はつやつやと漆のようだ、真白いうなじは真珠のようだ、寒紅梅のような唇、黒きつぶのような瞳、深えくぼの頬さえ、おお語るに恥ずかしいことですが、私のすべてをその夜いとおしんでくださいました。

その夜、私はふじ紫の袷、紫に梅の白ぬき模様の半襟を身につけていました。私のいちばんお気に入りの装いです。一九歳の私にふさわしい、お似合いだ、とあのひとも言ってくださいました。

「こんなことになろうとは、僕がいたらなかったのです。許してください」

「いいえ、お父さまがお許しくださらない……」

私は悲しくて、つらくて……あとは言葉になりません。

風もないのに灯火がゆらいだようです。

いきなり正平さんが強く私を抱きしめました。

「秋がふけましたら……お逢いできるかも……」

そうささやかれたようです。

熱いもの、火の玉のようなものが私のからだを射ぬきました。

私たちはしばし夢をみました。

ほのかに梅の蕾がはじけました。

いつしか月が空に高う、西方寺の鐘が凍るように響いてきました。

第二章　三年待って　青春の終焉

秋ふけなば

庭の白梅が咲き鶯の笹啼き、すっかり春らしくなりました。美しい季に悲しい別れ、神山先生は、耳原の方違え神社のご実家に帰ってゆかれました。まるでお姉さまか、お母さまのように私をつつんでくださった先生、私に新しい世界を開いてくださった先生、正平さんとのご縁も先生のお蔭です。私はまたさびしい身の上です。まことのお母さまがいなくなって、暗くしょげている私を元気づけるためにいい先生が来てくださったと満足していたお父さまでしたが、私がどんどん自由の世界にはばたいていくことに、お父さまや継母は先生を警戒しだし、先生を解雇したのです。明治三四（一九〇一）年春のことでした。

秋の終わり、私と姉妹のようにむつみあった末の叔母の親子《ちかこ》さん、数え年一八歳になっていましたが、あの思い出の紀の川を、私と正平さんがそうだったように、やっぱりお駕籠にのったまま渡し舟で嫁いでゆかれました。対岸から、お駕籠で紀の川沿いにさかのぼり、大和宇智郡阪合部村（現五條市）の大地主山縣亮弘《やまがたすけひろ》に嫁してゆかれました。花嫁の親子さんは父母を亡くしていたので継母がつきそってゆきました。村人こぞって花嫁を迎えるという盛大な輿入れでした。聡明なきりりとした親子さんでしたが、なんとなく淋しそうな花嫁さんのようで、私と妹は祝福し見送るのでした。

あの夜「秋ふけなば」お会いしましょうとお約束してくださった長田正平さんからのお便りはありません、背戸の柿の実も赤くなりましたのに。私は待ちこがれていました。

明くる年になって、東京の正平さんから手紙が来ました。どんなに待ちどおしかったことか、封を切る私の手はふるえていました。

長い手紙でした。手紙を読んで驚きました。

あのひとは『明星』に紀井正、紀井長風というペンネームで歌を詠んでいるのです。学校の学問には興味が続かない、中退して、姉のいる京都の近くにゆきたい、そこで文芸のこと、『明星』の活動をしたいというのです。

さっそく既に購読していました『明星』を開き、あのひとの歌を読みました。

別れてはのちの心ぞ恋ひまさるわが夢またも人の垣にあり

私への恋心、充たされないさびしい恋を歌ったものでした。

あのひとが近くに来る、あのひとに逢える、私の全身が汗びっしょりになりました。

この年、明治三五年の『明星』には大阪支部代表としてのあのひとの華々しい活動が報じられていたのです。

それから『少詩人』という新詩社の文芸誌にあのひとの執筆の「その灯影《ほかげ》」を読んだときの驚き。それは、一年前、富田林の私の家での一月の夜の逢瀬を小説風に書いたものでした。そこに描かれていたのは、まぎれもなく正平さんと私でした。あの夜の歓喜と絶望がなまなましく私の身体にうずくのです。私はあのひとの愛をはっきりと知りました。うけとめました。

私は正平さんの愛にお応えしたくて歌いました。そのころ落合直文先生や与謝野鉄幹さまも執筆されている『新声』という東京の文芸誌に投稿しました。別れていても私たちは愛のこころを通わす喜びでいっぱいでした。

暖かき胸にもよはき
悲しみの涙ひそまば
せめてものやすき心に
人を恋ふゆふべ清かれ

明治三四（一九〇一）年の九月、浪華婦人会という大阪の若い富裕層の婦人の集った団体からお誘いがあって入会しました。南杉山家の新子《しんこ》さんも一カ月後に入会しました。この会は、明治三四年六月に創設されていて、慈善活動をし、その経費捻出のための機関誌『婦人世界』を発行しています。翌年四月二七日の春季茶話会には、私、新子さん、妹の清子の三人は美しく着飾って出席しました。晴れやかな春の陽光を浴びながら、お茶会やバザーを楽しみました。

明治三五年五月、大阪に来て居住していた正平さんと私は逢いました。私は、大胆な菖蒲の花柄の小袖を着て湊町の駅の待合室で待ちました。正平さんは、学生服ではなく、薄茶色の背広をお召しでした。

私は恋人との逢瀬にウキウキした気持ちでいましたが、お話は深刻でした。

正平さんは、思いつめた表情で、吐きすてるようにおっしゃるのです。

「孝子さん、僕はもう東京には帰らない。母さまを追い出し女を入れた家に居たくない。学校はやめることにした。近いうちに外国へ行きたい。そのために神戸の田村商会に勤めるつもりだ」

私は、そのとき、つい最近『明星』で見た正平さんの歌を思いうかべました。

　友はみな世をゆく道に幸あるを我ただひとり花におくれたり

このひとは家を捨てようとしている、高等商業卒というエリートの栄光への道も、お国さえも。

「あなたは、もう固く決心されたのですか、私はどうなるのですか、私を見捨てないでくださいまし……」

私は人目もはばからず、泣くばかりでした。

「僕はあなたが好きだ、どうしようもないくらい。わかってください……。しばらくは大阪にいます。こうしてお逢いすることもできる」

九月、正平さんは、高等商業学校を退学され、神戸にある田村商会に入社されました。

家出

私は正平さんの言葉を信じて待つことにしました。二一歳になった私にあちこちの親戚から縁談が持ち込まれてきました。当時、女性は一五、六歳で結婚するのが普通でしたから、父母は婿選びにいらだっていました。とりわけ継母は、実子がいなかったせいなのでしょうか、自分のゆかりの婿を入れようと必死の様相でした。

「孝子さん、この人は帝大出の学士さまですよ、お家柄もいいしあなたにピッタリの方ですよ」などと次々と持ち込み、はては私の知らぬ間に、取り決めようとしました。父も「杉山家のために、決心してもらわんといかん」といつになく強硬でした。

私は追いつめられました。正平さんを待っていました。正平さんとの恋を貫くつもりでした。不孝者、とののしられようとも、婚約には我慢できません。私は決心しました。家を出るのです。

正平さんと同じように家を捨てるのです。前日、妹清子に打ち明けました。

「お姉さまとごいっしょする」

「あなたはお父さまのもとにいてほしいの」

清子はどうしても聞き入れてくれません。

入梅前の庭の樹々のこんもり茂るころ、夕闇にまぎれて、西の裏戸から、私と清子はそっと出ました。おこそ頭巾を被ったふたりは落人のように。恋人の道行きのようでした。そう、私は正平さんと手に手を取り合って、と夢想していたのです。正平さんがお家を捨てたように、私も杉山家を捨てる、そう気色ばみて家を出たのですが、これといってゆくあてはありません。

中河内のキサ叔母さんの嫁していた西尾家にかけこみ、恩智の縁者の家にかくまってもらうことになりました。

富田林の杉山家はおおあわて、あちこちに追手を放つという大騒動。数日後、日下の実のお母さまを通し、ようよう結婚話が取り消された、と聞いて、私と清子は家に帰りました。

お父さまのお怒りは、この上なく激しいものでした。

「不孝者！　おさない素直な清子まで道連れにして家出とは、お前は罪人だ」とまでおっしゃいました。

「お父さま、どうしても私は家を継ぐことはできません。私は生涯、結婚しないでひとりで生きてゆきます。お願いです。どうかお家のあと目は清子に……」

「お前は、杉山家の跡取りだ！　これはずっと前から決められた掟だ」

そう言ってお父さまは私の言葉をさえぎってしまわれたのです。

私は私の定め、運命から逃れられないのでしょうか。

「婦女新聞」

このころ購読していた「婦女新聞」明治三四（一九〇一）年一月号社説の「一夫一婦論」に私は眼をとめました。「人よりは家を重んじ人格よりも血統を尊びしは、げに封建時代の風俗なりき……」という文言にうなずきました。

胸ふさがる私の憂いから、逃れるように頻繁に、「婦女新聞」に投稿しました。私の文章をお認めくださったのか、この年明治三五年には六編も掲載してくださいました。

夕ちどり、という筆名《ペンネーム》です。石川にたわむれるちどり、あのひとと散歩した夕べもしきりに鳴いていましたもの。

清子の結婚

こんな家出事件のせいでしょうか。降って湧いたように清子の縁談が決められました。清子は掌中の玉といってもいいほど可愛がられていましたから、まことのお母さまのいらっしゃる日下の河澄家へのお輿入れか、分家されるものと、誰しも思っていたのです。驚いたり憤ったりする者も多くいました。

いつぞや、源氏物語の「紫上」にたとえられたように、かわいくて素直な清子は、お父さまのお指図を従順に聞き入れたのです。


きませ君しら萩さける井戸にゆきてみうたの筆もあらひておかむ

清らかなこうした歌も詠んでいた清子、清子はまた文章にも秀で、月見草咲く石川で出会った哀しい女たちのことをやさしい目で見つめた作品や、また自分の結婚直前の友との語らいを描いたものなどを「婦女新聞」に発表しています。

私の家出や言動のせいで、結婚することになった清子、一番悲しかったのは私です。お母さまと別れてから、ふたりは肩をよせあって生きてきました。喜びも悲しみもともにしてきました。なにより私に寄り添い私を理解してくれたのは清子です。身を引き裂かれるとは、私たちふたりのことでしょう。

嫁ぎ先は大阪瓜破《うりわり》の大地主大谷家、大和川のほとりの豪家です。

明治三六年一月、婚礼の日、富田林を朝早く出発し、お昼前には藤井寺、そこから大和川を渡るとすぐ瓜破でした。一七歳の花嫁は、お駕籠の中でも好きな物語を読みふけるという幼さでしたとか。

大谷家に嫁した清子は幸せでした。夫倍太郎《ますたろう》はやさしい青年です。倍太郎の母、姑にあたる方はすでになく、舅の竹三郎、この人は叔母キサの嫁ぎ先八尾の西尾家から入婿した人ですが、清子を実の娘のようにかわいがってくれました。夫倍太郎の祖母セイ、倍太郎の妹晴子たちも、みんな、可愛くて穏やかな清子と仲良くしてくれました。

私もこの家に招かれることがありましたが、明るくて仲良しの大谷家の雰囲気をつくづくうらやましく思ったことでした。

囚われ人

清子がいなくなってからの私はむなしくて孤独な毎日でした。つれづれの寂しさを清子との文のやりとりで慰めておりました。

家出のことがあってから、父母は私を厳しく監視するようになりました。

「婦女新聞」で知り合った人たちとの文通には眼を光らせるのです。すみ子様さわ子様子羊の君らのペンフレンドからの手紙、編集者の下中弥三郎さま、島中雄三さまのお手紙はこの春以来、お父さまの手に奪われてしまいました。むろん正平さんや、同郷の田中万逸《たなかまんいつ》さんのも、悪魔の手で焼かれたのです。あんなに私を愛し、私のすべてをみとめてくださったお父さまが、悪魔のように覚えるのです。お父さまにしたら、娘が新思想に染まって、自由結婚などしたら困る、何としてでも娘に婿をとらせ杉山家を存続させたい、そのための家父長としての当然の行使なのでしょうが。

ただ『朝暾《ちょうとん》』の宮崎旭濤《きょくとう》さんからの手紙は、お父さまの監視からこぼれて届いたので、旭濤さんとの文通が唯一の慰みでした。

私は囚われ人、羽根をもぎとられた鳥、いえもっとあわれな「みのむし」、ぶらり風に吹かれて一生を終える「みのむし」。

ともすれば私を縛る者にあらがう力は尽き、「石川に生ひて石川に死ぬべき運命か」、とあきらめの境地におちいるのです。

清子は、そんな私をうけいれ理解してくれるのです。清子からの手紙に添えてくれた白すみれの押し花、正平さんとの紀州の旅の思い出の白い花、ああ、清子は、正平さんへの私の想いを打ち明けたたったひとりの人なのです。

正平さんからの家への手紙は、お父さまに奪われてしまいます。正平さんの手紙は大谷家の清子に送るようになっています。清子は日下の河澄家にいるまことの母に送ります。母から私に送っていただく、というやり方がいちばん安全なのです。清子や実母は私の味方です。

ああそうそう、明治三六年三月一日から、天王寺で第五回内国勧業博覧会がありました。日清戦争に勝利し、日英同盟調印をして、「一等国」入りを果たしたとする日本の内外への国威発揚の事業であったということで、政府の宣伝もかしましかったのです。最先端の工業や美術の展示以外に不思議議館やウォーターシュートなどの娯楽施設があり、浪華婦人会の会合や杉山家の雇人の間でもうわさでもちきりでした。大谷家では家族皆で見物したとのことでした。

私は熱心に見ようという気にはならなかったのですが、お新さんと一緒に出かけてみました。教育館というのがありましたが、私には自殺館がほしいと思いましたよ。清子は日本画の橋本雅邦画伯がお気に入りだったようですが、私の足は自然に洋画に近づきました。

和田英作画伯の「こだま」という絵、今も眼をとじても幻にうかんでくるほど強烈な印象でしたよ。森の中、裸体の妖精（ニンフ）が、こだまに耳をすませ叫んでいるのです。豊かな乳房と身体のニンフが自由に恋したいと叫ぶのです。自由を求める囚われ人、ニンフは私のようですもの。「こだま」は私の魂を揺さぶりました。

博覧会の初日に余興として上演されるはずだった、曽根崎新地などの芸妓さんの「浪花踊り」は、のち浪華婦人会でご一緒した管野須賀子さんが「大阪朝報」の記者として反対のキャンペーンの筆をとり、予定変更においこんだのです。私も春をひさぐ女たちのこと、気になっていましたから、いやな気分でした。なにか博覧会が「文明の幻華」といったもののように思われていました。

永遠の別れ

一〇月、正平さんからの手紙が来ました。大谷家の清子、河澄家の実母奈美からひそかに回されてきたものです。

一〇月のつごもり、カナダのバンクーバーに向かって、神戸港から出国するというのです。正平さんは、前年の九月に神戸の田村商会に勤めていましたが、その社員として、三一日午前一二時に旅順丸に乗船するとのことでした。

覚悟していましたものの突然のお別れに私は驚きました。

前日、私たちは逢うことになりました。

その朝、家を出るとき庭の残菊に白く霜が降りていました。

「浪華婦人会の会合に行ってきます」

お父さまは苦い表情で、いつものように行かせたくないようでした。お父さまの制止の言葉を振り切り、足早に家を出ました。

あのひとに逢える、あのひとに逢える。

おそらく六甲の山並は紅葉で彩られていたのでしょうが、汽車の窓から見える景色も眼に入りません。あのひとの私を見つめる力強くてやさしい瞳を思いうかべていました。

私たちは神戸駅で会いました。正平さんは神山先生にも連絡していました。

久しぶりの先生、こんな悲しいお別れの場でお会いするなんて。

私たちは波音の聞こえる静かな料亭で話しこみました。長田家の事情をご存じの先生はすべてを納得されているようでした。食事をすませると、先生は私たちをふたりだけにして座を立ち去られました。

私は二二歳になっていました。この数年私はすこし痩せていました。

ふたりだけになって、あのひとは私をいとおしむように見つめました。

「孝さん、きれいだ」

「遠い海のかなたへ行っておしまいになるなんて……」

「いやです、私をおいてひとりでいかれるなんて……」

「私を連れていってください」

私は泣きながら、あのひとの胸になだれこんでゆきました。

あのひとは黙って、私を抱きしめてくれました。

あのひとの激しい鼓動と熱い匂いを、私は忘れることはないでしょう。生涯、世を終えるまでも。

私たちの時が止まりました。

しばらくして、あのひとは、私の涙を拭いながら言いました。

「三年待ってください。きっと帰ってくる」

「僕はカナダに渡ってもあなたのこと忘れません。あなたのもとに、きっと帰ってくる」

どれくらいふたりは抱き合っていたのでしょうか。

陽がおちました。別れの刻が来ました。

これが恋人たちの最後の逢瀬になるとは、そのときどうして知り得たでしょうか。

三年後にお逢いできるという小さな希望を胸に抱きしめていくしかない。私はつらくて悲しくて、帰途、汽車の座席の背にもたれて、さびしくてなりませんでした。

あのひとは「八重の汐路の旅に」、私は「捨小舟に」、と。


おとなしう父のみもとに筆とりて三年まつ子に褒め歌たまへ

霜しろく菊におきけりその日より久《ひさ》に君見ず夕別《ゆふわか》れして

明治三六（一九〇三）年一〇月三一日、あのひとは遠い国カナダに去ってゆかれました。

『明星』

これより先、私は『明星』で歌を発表しようと決意していました。明治三六（一九〇三）年九月に歌三首を添え、与謝野鉄幹さまの「新詩社」に入会の申し出をしました。

与謝野さまは自身の生活から汲みだした生きた心持ちを、自身の言い方でうたうという詩歌の革新を唱えておられました。

また「文学、美術の上に、最も進歩したる思想、形式、趣味を慕ふもの、愛するもの、楽むもの、研究するもの、賛助するもの、これらに就て一致せる同人の結合を新詩社と名づく」という新詩社清規のシンプルな社風が気に入りました。なにより旧弊な和歌の伝統に縛られるのはいやでございましたから。

斬新な藤島武二画伯の表紙や挿絵がようございます。採録されているのは当世の著名な方が多く、芸術のレベルは高うございました。

なによりも正平さんの短歌が創刊の翌年、明治三四年一一月から、明治三六年四月まで載せられていたのですから。

三年前東京見物の折、正平さんから『明星』の創刊を聞いていましたし、私は躊躇なく入社いたしました。歌は小さい時から長一郎おじいさまからお教えいただいていましたが、一流の誌に載るのですから、恥ずかしくないように、必死で精進いたしました。このころ文芸誌『女学世界』『こころの花』『新声』に投稿していました。

私は正平さんとの悲しい別れを詠いました。

蝶ならば袂《たもと》あげても撲《う》たむもの幸《さち》なう消えし恋の花夢

私の恋するひとは私の前から消えてしまわれました。あのひとが蝶ならよかったのに、蝶なら袂をあげ、打って私の手元にひきよせておけるのに、ああ、夢のように消えてしまった幸薄い恋だったのね。

蝶とか、花夢とか、明星歌人らしく美しい言葉を使いましたが、私の心の真実を詠いました。

この歌と他の二首が、明治三六年卯歳第十号に初めて載ったのです。石上露子（河内）という筆名です。同号の社告にも入社した清友として私の名は記されました。

なんという晴れがましさでしょう。この号には、森林太郎、上田敏、蒲原有明など当代きっての文学者が名をつらねているのです。

宮崎旭濤

正平さんがこの国を去る四カ月ほど前の明治三六年六月のことです。杉山家の玄関にひとりの客人が立ちました。着古して汚れた着物、ぼさぼさの髪、泥足の男です。「夕ちどりさん、いや杉山孝子さんを訪ねてまいりました。不肖、宮崎まこと、仙台から来ました」と大声でどなるように言うのです。

大勢の使用人の手前、恥ずかしくて思わず顔をあからめました。周防の磯ちどり（米谷照子のこと）を訪ねる途中、大阪の私の家に立ち寄ったと言うのです。

とりあえず、大床の間にあがっていただきました。

「たくさんの蔵ですなあ、立派なお屋敷ですなあ……」

男は大床の間の襖絵に圧倒されたのでしょうか、溜息ついてつぶやいています。男は夕ちどりの君がしとやかな深窓の令嬢と夢想していたのでしょうが、容易に男を寄せつけぬ孤高の女であったのに落胆したのでしょう。肝心な用件はなにひとつ話さず、あわてふためいて、お出ししたみかんをおよそ三〇個ばかり、ぱくぱくおあがりになりました。

お父さまは「婦女新聞」関係の男性との文通を警戒していましたが、なぜか、宮崎真《まこと》（旭濤）さんの手紙は見逃していました。囚われ人のような淋しい私でしたから、この人との文通で孤独をいやしていたのです。「婦女新聞」や、この人の主宰する『朝暾』に載せられた、「恋せよ、愛せよ、一点の偽善なく天真に恋愛せよ」という熱血熱情的なお言葉に私の心はゆさぶられたのです。

私も激情にかられて、「あなたの文に身は狂うばかりのよろこびの一言」などとお返ししていたのです。私と旭濤は恋人のような手紙をかわしていたのです。

いつも控え目で抑えた愛しか見せてくださらなかった正平さんへのもどかしい思いのためでしょうか、あるいは文通という現実ではない観念の恋のおちいりやすい妄想のためでしょうか、いずれにしても私の筆のすさびのつくりだした罪業なのです。旭濤さんは、米谷照子さんに恋し、彼女に翻弄されて狂死されるというすさまじい最期でした。

金剛山に登る

そうそうこの年、朝夕眺めていた金剛山（古代には金剛山、葛城山、二上山の連山を葛城山と呼んだのです）の雄姿に登山を果たしたのですよ。

「婦女新聞」に江風の君が富士登山の体験を連載されていて、私も登山して書いてみたかったのです。

幸い、この春梅見のとき、「婦女新聞」の投稿仲間の、小夜千鳥《さよちどり》さんと登山のことお約束していたのです。

長月のおわり、小夜千鳥さんと私は白装束に脚絆の紐を結んだりりしい山分衣《やまわけころも》、富田林から千早街道を伝い、白萩、柿の実、稲穂の黄金波を分け行き、その夜は金剛山麓の友のゆかりの家に宿泊しました。明くる日早朝、供の者と険しい深山幽谷の参道を息せき切って登りました。

山気せまる山頂の葛城神社でのおもてなし、帰途は尾根づたいに千早峠を経て千早村に下りました。長年の願いがかなった喜びにひたりました。

私たちを迎えた物見高い千早の村の人から、「途中の久米代議士の碑のところで遊んでたんやろ」と女だからとあなどられて悔しかったこと。金剛山なんてへっちゃら、富士山だって挑戦するわ、と強がってみましたけど、友の親戚の宿に辿りついたのは黄昏《たそがれ》、さすが明くる日はふたりとも疲れ切って足の痛みは耐えがたかったのです。

そっと眺めましたよ、千早峠あたりから、木の間に紀の川が白く光って見えました。あの渡しの舟で、正平さんとコトバを交わしあった夏の日の思い出をしのびました。

日露戦争　「平民新聞」

明治三六（一九〇三）年、私にはいろんな事件のあった年です。正平さんとの別れの寂しさを埋めるかのように、「婦女新聞」、『婦人世界』、『明星』誌上への投稿、執筆活動に励みました。

そして世の動きに、片田舎に居る私にもひしひしとせまりくるものを感じました。

ロシア軍が満州（中国東北部）に進出し、鉄道など敷設し勝手なことをしているのはけしからん、そのうち、ロシアは日清戦争で勝ち取った朝鮮の権益も取るだろう、一たび朝鮮を取ると、必ず対馬を取り、九州を取り、日本全土を取るにちがいない、という主戦論をほとんどの新聞が書きたて、慎重な意見を凌駕し、好戦的な世論が横行し始めたのです。こっちには大英帝国のバックがある、それに軍備も着々と準備されているぞ、と強硬な主戦論です。

私は、なんだかおかしいですよ、と不穏な空気に、「婦女新聞」の島中雄三さまに愚痴っぽい手紙を出しましたら、島中さまから週刊「平民新聞」の数号が送られてきました。

非戦論の論陣をはっていた「萬朝報《よろずちょうほう》」が主戦論にはしったので、幸徳秋水や堺利彦らが「平民社」に結集し、新たに発刊した「反戦、平和のためにたたかう」という新聞でした。社会主義機関誌とありましたのに、ちょっととまどいましたが、創刊号の自由平等博愛という自由民権思想をひきつぐ主張にひかれ、島中さまの勧めもありともかく購読することにしました。自由とは、自由な生き方、自由な政治活動を求めること。平等とは、貧富の差のない経済的な平等さを求めるということです。

明治三七（一九〇四）年二月一〇日、とうとう明治天皇の宣戦の詔書がくだされたのです。日本海軍は、仁川及び旅順港の攻撃で勝利を収め、陸軍は仁川から京城（ソウル）に上陸して占領し、「日韓議定書」を締結して韓国を植民地支配下に置き、領土を自由に出入りできるようにしました。

旅順港の出口に船を沈めて、ロシア艦隊を港内に閉じ込める閉塞作戦の活劇的展開、行方不明の部下を捜すうち、敵弾を受けて戦死した広瀬武夫中佐の美談には、杉山家の奉公人たちも拍手喝さい、わがことのように感涙するのでした。

富田林の町でも、勝った、勝ったの報道に小躍りする人々、やれ提灯行列や旗行列だのに練り歩き、果ては、富裕な商家に土足であがり、祝い酒をねだる無礼講。これには、有力商人たちで組織された奉公義会で恤兵《じゅっぺい》費献金に協力していたお父さまも顔をしかめるありさまでした。

そんな世相の渦中にいて、私はほんとうのことを知りたかったのです。むさぼるように週刊「平民新聞」を読みました。

戦争で得するのは誰？　肥えるのは軍人や御用商人のみ、商業も貿易もたいていの産業は不況で田畝の疲弊すること著しいこと、開戦一年後にして一九億という戦費をまかなうための増税や国債の強要で苦しむこと、なにより徴兵や戦死で悲惨な家族の続出などを知りました。そしてそのような実情が私の周囲でも確かめられたのです。

二月の開戦直後、「兵士」という八五〇字程度の掌編小説を書き「婦女新聞」第二〇五号に掲載されました。大野を征く一隊の兵士《つわもの》。一兵士にまといつくみめ美しき狂乱の妻、さしだす赤子を大波の中に投げ入れる父なる兵士、という話です。お国の忠実な戦士として名誉や勲章に眼をくらませ、妻子を捨てるという人間性を喪失する兵士像は、夢のなかの架空の王国と設定していますが、この時代の国家に呑まれていく男の姿そのものです。このような兵士の精神構造や、徴兵されて狂う妻や、殺される子供の実相は、週刊「平民新聞」の十四号、十五号記事から学んだものです。

同年『明星』四月号には、「かげろふ」という、緋桃の色あざやかな美しい村の春、糸繰る娘たちにもたらされる村の若者の戦死の報、恋歌を口ずさみつつ狂う女、という話を投稿しています。

私の作品「兵士」を「婦女新聞」編集部の下中芳岳（弥三郎）さまが、文明の批評家たるところに樋口一葉を継ぐ才能と激賞してくださり、文学者としての将来を期待されたのですが……。

日露の戦況は勝利を重ねたとはいえ、激戦につぐ激戦でした。五月一日、日本軍は鴨緑の戦闘でロシア軍を破りました。五月二五日から二八日の四日間にわたる南山の戦いで勝利したとはいえ、「肉弾」という言葉がぴったりするような、悲惨な状況であったと聞いています。大阪の第四師団の戦死者がもっとも多かったのです。

六月、入梅の降り注ぐ雨が芭蕉葉に音する日、私は、この里のまだ可憐な子ひとり、南山でけなげなる戦死をとげたと泣きながら女中たちが語るのを聞きました。富田林から出征したのは、三四一名、南山で死亡したのは七名なのです。瀧谷房吉の町葬は七月六日でした。私は歌いました。

みいくさにこよひ誰《た》が死ぬさびしみと髪吹く風の行方見まもる

お国のために遠い異国に征かされた若者たち、私の町にも次々と戦死の報が届きます。今宵は誰が死ぬのでしょうか。悲しみにうちひしがれた老母や妻たち。私はさびしくてなりません。じっとりと汗ばむ髪に風が吹き抜けてゆきます。この風は荒涼とした南山の屍の上にも吹きわたるのでしょうか。私は顔をあげ風の行方をうつろに見まもるのです。

この歌は『明星』七月号に載せられました。翌月の八月号で『明星』の文学批評家の平出《ひらいで》修《しゆう》先生からお褒めのお言葉をいただきました。「戦争を謡《うと》うて、斯《かく》の如く真摯《しんし》に斯の如く凄愴《せいそう》なるもの、他に其比を見ざる処、我はほこりかに世に示して文学の本旨なるものを説明して見たい」と。

富田林区域の出征軍人は三四一人、その中二六名の戦死者を出しました。私は愛国婦人会や日赤の役員をしていましたので、郡長夫人とともに、村々の葬儀に参列しました。十数カ村に領地を持つ杉山家の小作人の戦死者もいたのです。

戦死者を出した家では、偉い人が来られるというので、白衣や袴をはくのにてんやわんや、村長に叱りとばされて汗みどろ。またある寒村では、よよと泣き入る母親に、戦死すればこそおまえたち一生見ることもできない地主のお嬢さまにこうして葬式を送っていただけるのだ、との説得におとなしうなずく素朴さ、そんな様子に私の胸はただ暗く重いのです。戦死した息子の母には名誉なんてありがたいものでしょうか、息子を返して、と狂うほど悲しいはずなのです。

勇ましい勝利の蔭には悲惨な物語があるのです。

このころ、私の願いがかなえられ、南杉山家の南側、石川に面する崖上に、恵日庵という別荘を建てていました。この時節に「ぜいたくは敵」なのでしょうが、大工や左官たちは、ぶつぶつ苦情をこぼしていました。「節約せい、始末せい、とやかましく言われて、わしらの商売あがったりや」と。

貧しい小作人は小さな子供たちまで働かせています。明治三八年『婦人世界』第四四号の「霜夜」という小説のなかで、糠をいっぱい畚《ふご》（かご）に入れてよろよろと運ぶ一〇歳にも届かぬ子供、上流階層の婦人の車の出現に驚いて、ひっくりかえって空っぽになってしまった畚、それを見もしないで過ぎ行く着飾った上流の婦人たち、社会主義の思想にめざめる田舎教師とそれを危険思想と断罪する校長、そんな物語も書いてみました。

恵日庵

こんな戦争のさなかにいても、私は、正平さんへの思いを片時も忘れたことはありません。しかしカナダの正平さんからの便りはありません。

かくてなほよる方しらぬ恋ごこち愁とのみに消えむ身かただ

遠くへ去った恋人を思う寄る辺のない恋心、哀しさに消えてしまいそうな私です、とたよりない身の上をうたいました。

尼ごろも念仏《ねぶつ》しながらわれ被《かづ》く心かなしきこほろぎの家

この歌を読んだ人は尼さんになった私を想像したとのことです。そうです、私は、恋をあきらめ、出家僧のようにひたすらここにこもっていましたもの。

このころ私は、別荘の恵日庵で過ごす時間が多くなりました。

多くの人の出入りする地主の家とはべつに、お香をたき人を思い、読書したり筆をはしらせたりする静かな場所が欲しい、とかねてからお父さまに願っていました。本邸の南一〇〇メートル、石川に面する地に、日露戦争の始まったころに棟上げされました。娘の願いを叶えることで、結婚の決意もしてくれようとお父さまが承諾してくださったのでしょうか。

八畳の広間、円窓のある三畳の茶室と玄関の小さな山荘といった小家でしたが、建物や襖はお父さまと私好みの趣味で、私はここにこもり、こころおきなく執筆にいそしみました。疲れると南の竹縁に座り、遠いうす紫の山容、眼下の石川の流れや、堤のむこうの田畑――杉山家の領地なのですが――をぼんやりと眺めていました。

明治三七年ころから明治四〇年の結婚の日まで、私は恵日庵にこもり憑かれたように、物書きしました。それらは、『明星』や「婦女新聞」『婦人世界』に掲載されてゆきました。

杉山家の巨大な黒々した梁や棟木の下の四百年の因襲から逃れて、この簡素な庵に入るとき、私の感性はやさしく慰撫され、私の精神は自立し、自在にのびやかにひろがりました。恵日庵で私は、旧弊なものから解放されたのです。

恵日庵は、私の魂の城でした。

明治三六（一九〇三）年一一月、日露戦争の非戦論で創刊された週刊「平民新聞」は、当時の政府の政策を批判したてつくものとして、たびたび出版禁止させられ、明治三八年一月二九日にはとうとう廃刊に追いこまれました。しかし、翌月にはその論調を継ぐものとして「直言」が発行されます。私は続いて購読しましたが、約半年後にはこれも廃刊させられたのです。堺枯川《こせん》（堺利彦）さんや白柳秀湖さんの自由恋愛や結婚の記事がおもしろく、「直言」を米谷照子さんや嫁にいった山縣親子さんにも送ったりしました。

私は「平民新聞」や「直言」で、いろんなことを学びました。

この国では、家の存続が絶対的で、二代以上続いた家の廃家は禁止されています。家長の力が絶対的で、結婚の自由はなく、男子三〇歳、女子二五歳までは、親の同意が必要なのです。

正平さんのような長男は、他家を継ぐことは許されません。私のような相続人とされた長女は他家に出ることはできません。お家維持、家財産の擁護を基に明治の国家が成り立っているのです。

男は家の財産を継ぐために結婚する、女は相続する子孫を産むために結婚するのです。四〇〇年続いた杉山家の存続、六一町歩の小作地の継承のために私の結婚が必要なのです。私には、杉山家の後継ぎとしての生き方以外は許されていないのです。

愛し愛されることなど、結婚には不要なのです。私の苦しみが、私だけに課せられたものではなく、この国を支えている社会の制度として、愛する者同士が結ばれえない家制度にあることを知らされました。

絡まり合った縄がほどけるように、むずかしい数式が解けるように、私は私の置かれた立場が見えてきました。

また、私の内に疼くもの、恋すること、激しく異性を求めるという感情や肉体は卑しむべきものではなく、人としてあたりまえの自然の本能であることも知りました。

清子の死

私の身におそろしいことが起こりました。

清子よ、清子。可愛い妹よ、母去ってふたり寄り添って寂しさに耐えてきたね。清子よ、私の恋の秘密を知ってくれていた唯一の人よ、一緒に泣いてくれたやさしい人よ。

明治三七年一〇月七日、結婚後わずか二年足らずの妹清子の突然の死です。息を引き取る前に出産した赤ちゃんも共に亡くなってしまいました。懐妊中に重い脚気を患ったのを医師が呼吸器疾患と誤診したせいなのです。看護に日下のまことのお母さまが付き添い尽くしてくれたのが、せめてもの慰みです。

離縁され河澄家に帰されていた実母奈美は、清子の死後、舅の大谷竹三郎の後妻になります。明治三九年、四二歳のときでした。私はそのとき気がついたのです。清子をなぜ姑のいない大谷家へ嫁がせたのか、清子と実母奈美が共住みできようという、お父さまのおはからいだったのです。でも清子は死んでしまいました。

お父さまも茫然として、お人の変わったような落胆ぶりです。この日から深く志を仏縁に結ばれ、外の戸長の交友など娘の私が務めるようになりました。

妹への挽歌を歌いました。


わすれてはまたもよびぬる君が名や千とせはぐれし身とは知れども

私にとってつらい月日でした。愛する人たち、恋人も妹も私のもとから去っていった悲しい日々でした。そしてお父さまからの結婚の責め苦が続きます。

浪華婦人会『婦人世界』

私は悲しみから逃れるかのように、早朝富田林の家を出て、八時の河南鉄道に乗り込みました。汽車に揺られながら、二上山や信貴山のやわらかな山並を見ながら大和川を渡ると、終着駅柏原、ここで関西鉄道に乗り換え、小夜千鳥さんの八尾、そして清子の嫁ぎ先の瓜破辺りを通り天王寺さん、そして終着駅、思い出の湊町駅で降ります。湊町のみどり葉ふかきアーチくぐって待合室で逢うた人たちのことがなつかしく思い出されます。駅に寄ってくる人力車に乗って、南区末吉橋の浪華婦人会の事務所に通うのです。活気ある大阪の町を往き来していると、私の心は晴れてくるようです。

明治三四（一九〇一）年六月に、六〇名ほどで開設された浪華婦人会は、三年後には五〇〇名ほどに増え、活発に活動していました。月刊『婦人世界』も豊かな内容になり、出版の利益による慈善運動も盛況でした。

私は明治三四年の入会以来、『婦人世界』に随筆や小説など積極的に寄稿しました。筆名は、ゆふちどり、しら露、野ばら、つゆ子などです。

日露戦争が起こると、浪華婦人会は、出征軍人の留守家族を支援するために、幼児保管所を難波の鉄眼寺《てつげんじ》に開設しました。保管所では二〇名ほどの子供たちを預かっていました。おきみちゃんという、最年長の六歳のおかっぱの女の子、いくさの野にいる父のおもかげを胸に抱いて待ちわびるけなげさが身にしむのでした。

明治三八年四月二日の中之島の公会堂での慈善音楽会のときには、売店の売り子、来場者の接待にまで、熱心に立ちはたらきました。翌三九年三月には東北の凶作に苦しむ人への義捐音楽会を私が中心になってよびかけました。琴尺八などの邦楽の演者、バイオリンの洋楽の奏者、陸軍軍楽隊まで協力いただいて、成功させました。お嬢さん育ちで「お茶一つ御召し上がれ」の言葉も知らない私でしたが、内向的でもの怖じする私のどこにそんな行動力があったのか、自分でも信じられない気がいたします。

慈善事業については、富んだ者が、貧者から奪った富の一部を返すにすぎない、当然の行為と、そのことのみに満足している他の多くの婦人会に私はいささか批判的でしたが、「慈善」そのものを否定しているわけではありませんでした。明治三八、三九年には、役員になり、『婦人世界』の編集の主幹にもなりました。友信欄という読者投稿欄では積極的に発言し、投稿の少ないときには、あれこれペンネームを使い、自作自演もやってのけました。

浪華婦人会では早くから、学校教育を受けられない女性のために和裁料理の家政塾を開いていました。浪華家政塾の第一回と第二回卒業式で、私は幹事総代祝辞をよみあげております。第三回目の祝辞は「開き文　君が行く道」として『婦人世界』に発表しています。『婦人世界』は私の精神飛翔の発着の場でした。

別れの文

明治三八年（一九〇五）年、蒸し暑い入梅のころでしたか、ひとり居の私の机上に置かれていた、白い角封筒。遠い雲路をわけてやってきた正平さんからの手紙です。神戸でお別れしてから一年半にもなっていました。

私の胸は高鳴りました。きっとお逢いできる、三年待ってください、と確かにおっしゃった、朝夕のお父さまと継母の結婚せよの責め苦にあきらめそうになることもありましたけれど、耐えてきたのは、あのひとのコトバ、ひとすじの赤い糸を信じていたからです。私は震える手で封を切りました。

なんということでしょう。あのひとの低い声が聞こえてきました。

「去年私の父清蔵は他界しました。継母をはじめ長田家の者は長男である私に帰国して跡を継げ、四〇〇年の由緒ある旗本直参の家をつぶすわけにはゆかない、と促しました。私はことわりました。家は弟に譲ってください。私はこの地で果てるつもりです」と。

「あなたならわかってくださるでしょう。あなたを愛している私のこころも。カナダに運ばれてくる『明星』掲載の歌を読み、うれしく感じています。遠く離れていても、私たち、同じく歌の道でこころ通わせたこと、せめてもの喜びです。私はこの地で、あなたへの純粋な愛を貫くつもりです」

その手紙は、私を奈落の底につきおとしたのです。私のこころを知りながら、私を捨てるのですか。ひとすじの光明、赤い糸は断ち切られてしまったのです。私は大声で叫びたかった。

「天もくだけよ、地も裂けよ」と。

私は死を思いました。


身はここに君ゆゑ死ぬと磯づたひ文《ふみ》せし空の雲に泣きつつ

正平さん、帰ってきてよ、逢いたいわ、私死んでしまいそうよ。私をさらっていってよ。

君ならぬ車つれなう門《かど》すぎてこの日も暮れぬ南河内《みなみかわち》に
きのふをば訪へよほとほと誰ゆゑに死ぬとやつれしおもかげ人《びと》ぞ

もう正平さんは私のもとに来てくださらないのです、あなたのせいですっかりやつれまぼろしのようになってしまった私です。

正平さんの手紙は冷静でした。考えに考えぬいた結論めいた内容でした。

私はいくら考えても結論は出てきません。

呪文のようにお父さまは家門を絶やすな、と迫ります。継母は縁者の婿選びに狂奔し、私に迫ります。

頭がおかしくなりそうです。事実、頭痛もひんぱんにおこります。

私は恵日庵にこもって筆を執ります。とにかく書くことで気持ちを鎮めたいのです。「婦女新聞」『婦人世界』には毎月のように書きましたよ、たのまれたら、『ヒラメキ』や『新潮《にいじお》』にも。フィクション風に装っていてもほんとうのこと、私の真実を書きました。

書かずにおられなかったのです。「おもかげ」の恋う人は正平さんです。「いつゝ児」は、密かに私の産んだ生んだ五歳になった子を思いやる小説です。作品の中で正平さんと別れた私のこと、「捨て小舟」「うつろなるむくろ」と表しました。ほんとうにそうですもの。

さんざ私を苦しめている結婚、恋し合っている者同士が結ばれないで、家の存続のためとか、義理とかに縛られていますもの、それを「野菊の径」に著しました。主人公の男性は田中万逸さんを思いうかべながら書きました。私のかかわっている愛国婦人会や赤十字の役員の欺瞞性は「しのび音」に。皮肉屋さんの私の一面です。

恵日庵に居ないときは、私は大阪市内の浪華婦人会の事務所へ出かけました。正平さんとのこと、頭から離れずおかしくなってしまいそうでしたから、富田林からの往復には三時間もかかりましたが、とにかく体を動かし、なにかに没頭したかったのです。

上京

とはいえ、私の憂鬱は家人の目についたようで、継母は、私のこと、「目の色かわってる」と狂人あつかい、お父さまはあんなに私の外出に神経をとがらせていたのに「気晴らしに東京の照さんに会っておいで」と言うのです。

照さんというのは、周防の米谷照子、私より二歳歳下のおませな文学少女、「婦女新聞」のペンパルです。宮崎旭濤さんの婚約者でしたが、婚約破棄して旭濤さんを狂人にしてしまったといういわくつきの魅力的な女性。私はある時期この人とは姉妹の契りをしたほどの仲、彼女が旭濤を見舞って大阪へ来たついでに、富田林の家に招いたこともありました。お父さまは米谷照子を歓待してくれたのですよ。奈美お母さまの依頼で、私に結婚を承諾させるという使命をおびて家に来たからです。しばらくは嫌な婿攻勢はお休みでした。

一一月のある夜、お父さま、継母、私の三人それぞれが別々な思いで筆をとっていました。

「郡長さまから急ぎのお手紙です」

と店の者が次の間からやってきました。

「早急ながら秋の赤十字社大会に明朝上京、同行いかゞ」と。

見上げる私にお父さまの「行っておいで」とありがたいお言葉、

「お嬢さまがあす東京へ」と店中のどよめき。

大阪へひとり出かけるのさえ、珍しそうに言いはやす時代ですから無理もありません。お父さまは、往復二等割引の汽車賃とそれに応じた宿泊料をふくめて三十円の旅費を、私の言うがままに快く出してくださいました。

私はその晩急いで、かしこまった紫綸子の紋付で、袖は二尺のお着物といささかの手廻り品とを、旅行用の殿居袋に入れて旅の準備を終えました。

一一月一九日、下着も帯も当日はこれをと身支度し、上に通常服を重ねて、その上に古代紫(赤紫)の道行をはおって七時半、町はずれの深瀬郡長さまの煉瓦作りの門に立ちました。郡長さま、深瀬和直・千世子ご夫妻は私のみがるさに驚かれたよう、ご夫妻は数々のお荷物で手いっぱいでしたもの。

八時の河南鉄道の汽車で柏原駅へ、関西鉄道に乗り換えて奈良を経て名古屋へ。名古屋から夜行列車で東京へ。

二〇日早朝東都に着きました。なつかしの五年ぶりの帝都。この旅の目的の日本赤十字社第一三回総会にいかめしい従何位何々の礼服を召した郡長さまとともに列席しました。

帰途上野の不忍池畔を通りました。五年前の一九歳の私、紫裾濃の装いで神山先生や正平さんに連れられた日のこと思い出し、さびしくて桜紅葉の落ち葉をひろって思わず涙してしまいました。悲愁から逃れたくてやってきた旅なのに正平さんのおもかげがちらついてどうしようもないのです。

田中万逸

この日の午後、宿にいる私に電話がかかってきました。

「お孝さん、おひさしぶりです。富田林の田中万逸です。今日上野の日赤の総会であなたの名を耳にしました。おなつかしうて、おさえがたき思いで……」と。万逸さんは、同い年の富田林小学校以来の友です。

「宿にいらっしゃいませよ、お待ちいたしますわ」と私も四年ぶりの邂逅がなつかしくてお返事しました。今は報知新聞の記者として活躍とか。

明くる日から二日間、郡長夫妻は日光へと。私は万逸さんのご案内で新宿の植物御園（現新宿御苑）の見学に。元信州高遠藩のお屋敷跡の広大な森林や庭園、農場試験場、万逸さんは早稲田で学ばれる前は大阪の農学校を卒業され、農業研究されていたので、御園もフリーパス、ゆったりした清興の時間を過ごしました。万逸さんは私に果樹、養蚕のことまで得意げに説明してくださるのでした。

私の一番聞いてみたかったこと、

「この年の四月、田岡嶺雲氏主宰の文芸誌『天鼓』に載っていた田中花浪ってあなたのこと?」

万逸さんはてれくさそうに答えてくださいました。

「そうなんです。泉鏡花の書生でした。ある事情でやめましたが……。あの小説『生道心《なまどうしん》』の女主人公園子は君がモデルです。お気づきやと思いますが。園子を慕う敬二は安江不空《やすえふくう》、彼、君のこと好きでしたからねえ」

　私の推察していたことを、こともなげに次々とおしゃべりになる。園子という女性が私であること、そう悪い気がしない、恥ずかしいですが。

　私たちは文通していたのですが、私は四年間の空白を埋めるごとくいろいろお聞きしてみました。

「あなた、早稲田の学生のころ、瓜破の大谷家へ行かれたのですってね。鉱毒事件のことでカンパを依頼しに。あの大谷家に妹は嫁し、去年亡くなったのです」

「おいたわしいことです」と合掌してくださいました。

「あのときは大谷家にお世話になりました。鉱毒の惨状に目つぶっていられなくて安江くんとで『足尾鉱毒惨状画帳』を出版し世に訴えたかったのです」

　そんな熱血漢のお話もうかがいました。

　帰り道は日比谷公園の竹藪の径を散策いたしました。石川の竹藪に似ていますね、とふたりともふる里を思い詩心にひたったことです。

　明くる日二二日はひとり宿にのこりました。思い出すのは正平さんのことばかりで、悲愁の思いは深まるばかりなのです。

与謝野晶子

　二三日には思いきって、『明星』でお世話になっている与謝野さまの千駄ヶ谷の「新詩社」のお宅に黄菊白菊の花束を白いリボンに束ねて伺いました。お庭のこすもすの咲きみだれたのをくぐって、晶子さまにお会いできて、しみじみと忘れがたい一日でした。

　与謝野寛さまはお留守でしたが、堺からお母上さまがお見えでして、お子さまの光さまはいたずらざかり、次男の坊やもおられておにぎやかなご家庭でした。

竹久夢二

　この日、与謝野家の何人かの来客の中に、竹久夢二さんがいらしたのです。

『明星』の表紙やカットなど描かれている人気画家、白馬会の藤島武二画伯のご用事をうけての来訪のご様子でした。藤島画伯の華麗で斬新な画風は、若い読者に評判でした。『明星』の表紙や晶子さんの歌集の装丁を担当されていましたから。

「ああ去年秋の『明星』とてもよござんしたわね。藤島先生の『朝』、それはベッドでめざめた上半身裸体の女性の絵でしたから、ちょっとお恥ずかしうございましたけど……」

　私は夢二さんに会えたのがうれしくて興奮気味でした。

「もう二年も前になりますが、大阪での内国勧業博覧会のご出展の和田英作画伯の『こだま』すてきでしたわ……」当時の感動を思い出してうっとり、おしゃべりしてしまいました。

　夢二さんは、まだ二二歳の画学生、整ったお顔立ちなのに、どこかさびしげなニヒルな感じでした。ぼさぼさの長い髪を垂らしてらして、口数の少ないお人でした。

「夕ちどりさんでしたっけ。石上露子さん、河内からいらしたのですか」

とぽつりぽつり、ゆっくりと話されました。

「あなたのお歌いいですね。『明星』で読んでいますよ」

「夢二さん」私は持っていた二本の女扇子をさしだして、お願いしました。

とっさの機転でした。

「ここに、あなたの絵をかいてくださいな」

その場ですらすら描かれたのは、恋の歌と石川の月見草でした。私のさしだした扇子はぬり骨絹地ばりの高級なもの、そのせいなのでしょうか、お嬢さん好みの甘美な歌と絵でした。

のち明治四〇年、夢二さんの連載されていた日刊「平民新聞」のコマ絵、そこには、「親は故郷にわしゃ嶋原に桜花かやちりぢりに」という俗謡が添えられていましたが、身売りされたおいらんの悲しみを描いた絵、そのような絵を描いてほしかったのです。鋭い風刺絵にすぐれた画家でした。

夢二さんは、大正時代には一世を風靡した人気画家、愁いに満ちた大きな眼の消え入りそうな楚々とした美女は、多くの女性の心をとらえました。

例の「宵待草」にはもの哀しい曲がつけられて大流行、「まてどくらせどこぬ人を宵待草のやるせなさ　こよひは月もでぬさうな」、この歌、まるで私のことではありませんか。詩人でもあった夢二さんは『明星』の私の短歌をご存じだったのではないかしら。

この日の夜は米谷照子さんのかねてのお誘いで彼女の寄寓していた小原無絃先生宅でお食事をいただきつつ語らいました。小原先生の訳詩集『花の詩』の出版に私も照子さんから頼まれて出資していました。「婦女新聞」編集の下中弥三郎さま、水島幸子さんも、私を歓迎するために集まってきてくださいました。近頃の文芸のことや、恋愛論、政治論と、皆は自由闊達に話され、まさに談論風発の場でした。私も、心地よい解放感を感じ、どんなにかうらやましく思ったことでしょう。うつうつとひとり、閉塞した杉山家にこもっている私の状況が小さく見えてきました。

夜が更けるのも忘れて過ごしました。宿に戻りましたのは夜半の二時まえ。

親は故郷にわしゃ嶋原に桜花かやちりぢりに（おいらんの図）

日刊「平民新聞」
明治40年4月4日

旅から帰って郡長夫人の「乙女の身のあまりの奔放ぶり」とのご苦情に、お父さまが「ご心配おかけして」とおっしゃっただけで、私には一言も説教なさらなかったのです。

私の上京を後で知った「新詩社」や「婦女新聞」のかたがたは、悔しがることしきり、とお聞きしました。島中雄三さまもそのおひとりだとか。

帰阪の新橋の駅には万逸さんと照子さんのお見送り、万逸さんの贈ってくださった歌の書いたハンカチを私は片端を口にくわえ一方を手に広げて、さよならをしました。ちょっとふざけてしまいましたっけ。

鈴木鼓村

鈴木鼓村《すずきこそん》さまに初めてお会いしたのは、明治三九年二月の関西青年文学会主催の音楽会で琴の演奏をお聞きした折です。新体詩を作曲演奏なさるという新しい意気込みは、詩人たちに評判でした。その日のすばらしい音曲に感動した私は、さっそく浪華婦人会の三月二一日の慈善音楽会に出演を依頼し承諾をいただきました。

明治三九年二月ごろからお手紙をいただき一〇月ごろまで文のやりとりが続きました。

鼓村さまの御文字は太くどっしりしていて、それでいて京の風物を繊細な感覚で書かれていました。そう、私への恋々たる想いも……。お父さまには有名なお琴の師匠だとお話ししていましたし、富田林へ御招待することも四月、五月と二度ありました。

　ご一緒に石川原を散策いたしましたときのこと、大きなお体で、小板橋をあぶなげに重さに耐えかねるようにお渡りになるご様子、月見草を折り敷いてゴロっと横にお休みになられたこと、いまでも眼に浮かぶようでございます。

　二度目のときは、恵日庵にお泊めし、新月の出を待って石川の瀬音に親しみがてら、あの琴の名曲「思い出」をお書きになったのです。

　鼓村さまは私におっしゃいました。

「これは泣菫氏からもらったもの、あなたにさしあげましょう」

　と大きなお手で菫のおし花。

「五月の葵祭りにはかならず京へ、泣菫と三人で古い都を歩きましょう」

　私は憧れの詩人薄田泣菫さまともお会いしたかったのですが、どうしてもお父さまにはお許しいただけませんでした。

　ええ、私も鼓村さんに恋していましたかって？　恋していましたとも。

　鼓村さまのつつみこむようなあたたかさや、ロマンチックな恋文に。私もお返しの甘い恋文を書きましたわ。「ありし候夜を　はしの袂の御別れのそのおもかげは夢にすがたに　まだおもひでのわれにはのこりあり候へども　現に見えたまはぬこゝらが御わりなさにはおぼつかなさもうちしきかぬる様にて」なんてね。

　このころ私、絶望の底にいましたもの。帰ってこられない正平さんを忘れたい、忘れられないせつなさにもがき、恋人のおもかげをうち消すかのように、せっせと恋文書きました。正平さんに書いていたのかもしれません。

私だって女ですもの、とめどなく溢れる恋ごころを抑えるなんてできませんもの。

鼓村さまは、私を偶像化され女神のようにあがめて私を恋しておられたのでしょう。

閉ざされていた私は、平安朝のお姫さまのように奥深い御簾の蔭で、恋の妄想の翼をひろげていたのです。

結婚の決意

明くる明治四〇（一九〇七）年の一月、正月の御膳の前で神妙な表情のお父さま、いつものお話、「いよいよ、決意してもらわんとな、お前も二六歳、いつまでもこのままでいるわけにはいかん」と私の心をみすかしたような口ぶりでした。

私は、正平さんの遠い国で骨を埋める決意を知り、冷静にうけとめるようになっていました。

「結婚はしません」と今までのように答えなくなった私に、お父さまは具体的に婿を決定しようとしました。いかに大地主の娘とはいえ、いかに美貌自慢の娘とはいえ、二六歳にもなった娘の縁談はむつかしくなってきて、お父さまは焦っていたようです。

今度の候補は大和国磯城《しき》郡川西村大字結崎《ゆうざき》の大地主片山太郎の弟、荘平、私より三歳年長の二九歳。当主は村長や、のち衆議院議員も務めた名門の片山家。杉山家の婿として不足はない、というわけです。

「孝子、今度の男は絵筆も取り、花も培うらしいし、芸術を知ってるという、お前の婿にふさわしい相手や」とお父さまはしきりに勧めます。半年以上もかけて、たくさんの人を使って聞き合わせをしたというのです。

こうして片山荘平との結婚は五月ごろに決められました。仲人は親戚筋の橋本忠兵衛さま、挙式は一二月にと。

お父さまと継母はほっとした面持ちで、私の頻繁な外出には大目にみるようになりました。

私は静かに結婚の日を待つ気持ちにはなれません。花嫁衣裳の品定めをする気にはなれません。

それどころか、激しく私を撃つものが、日々大きく鼓動するのです。

私は内部に撃つものを、書かざるをえませんでした。浪華婦人会の読者に向かって『婦人世界』に発表したのです。一月の「あきらめ主義」や、四月の「開き文　君がゆく道」を。浪華婦人会の家政塾は、料理や裁縫を学ぶ塾で、その家政塾を卒業してゆく女性に向かって呼びかけました。

「卒業してゆく皆さん、美しく花咲き、自由の天地に行くのを夢想されている乙女たちよ。かよわい女には、一歩世にでれば、世の風にふかれ悲惨や涙が待っています。

女の身にはたくさんの掟が待っています。才能ある貧しい女は、開発できずあきらめてしまうのです。皆さんも青春の夢をあきらめさせられるのです。この国の女にはあきらめて家庭に生きていくようにされています。つらくても耐えていくべきだという堅牢な石ぶみの道が強者によってしつらえているのです。無意識に、貧者や女たちのなかにしみこんでいるのです。良妻賢母という誇らしい名誉がほしければ、いかなる屈辱にも堪え忍びあきらめてこの道ゆけと。それは淋しい非情な石ぶみです、家庭の苦悶と人生の悲哀にみちた道です。涙に枯れたあきらめの道です。ほまれある屈従者となってしまうのです。私の呪うあきらめ主義とはこのようなものです。

卒業してゆく皆さん。世に呪われたる弱きもの、女たちよ。

それでも、あくまで自己を忘れず奮進したまふべきです。自己は生命なのです。自己を没した人は生存するのも無意義です。人の妻となり、人の母となるのみが婦人の天職であるのでしょうか」

すこし意気ごみすぎたかもしれませんが、こんなことを書きました。

現実にはあきらめて、世のしきたりの石ぶみの道に行くことを決意した私の繰り言、意に染まぬ結婚を前にした私の、血のにじむ叫びなのです。

土地復権同志会

晴れ上がった南河内の空、五月二四日のことでした。

「お頼み申す」玄関から大きな声がして大奥の間にいる私にも聞こえてきました。

「杉山孝子さんにお会いしにきました」

あわてて店の間に出ると、壮士風のきりりとした袴姿の男が立っていました。

「宮崎民蔵です」

あの中国革命家の孫文を支援している宮崎滔天さんの兄にあたる方だったのです。大床の間に招くやいなや、宮崎さんはきっぱりと言うのです。

「土地は天与のものだ。人は誰でも土地を平等に享有する権利がある。一部の地主が土地を専有するのはまちがっている」

真剣なまなざしでした。ここは地主の家なんですのよ、私は跡取り娘なのですよ、と内心つぶやきましたが、皮肉っぽい言葉の出る幕はありませんでした。

「平民新聞」の購読者名簿をたよりに全国を巡歴しているのだそうです。

初めての客は、大床の間の威容さや、いくつもの蔵に圧倒されてしまうようですが、彼の視線には、驚きこそあれ、卑屈さも畏れも認めることはできませんでした。彼のあまりの真摯な態度に打たれてしまいました。

私は迷わず、「土地復権同志会」の加盟を承諾してしまいました。

そのとき私の脳裏をかすめたのは、地主杉山家に向かって戎《えびす》神社の急坂を腰をかがめて年貢米を載せた重い荷車を引く小作人の姿でした。背かがまり、苦しげに引く車夫の汗ばみきたない背腰を見るのがいやで車に乗るのを拒否した幼児の体験がよみがえりました。

私の迷うことのない決断は、小作人の悲惨な暮らしの上で贅沢三昧の放縦に流れている地主であることへの自責の念あるいは贖罪の念であったのでしょうか。

富田林の駅から杉山家までの三〇〇メートルほどの通りを、髭面の袴姿の壮士風の男が闊歩してくる、ずいぶん目立ったことでしょう。杉山家のすぐ東隣に警察がありました。警察署長は民蔵の来訪に神経をとがらせたのでしょう。「平民新聞」が配達されるというだけで、官憲の眼が光る時代でした。明くる日、署長は、さっそく家にやってきました。

「お宅のお嬢さん、ちょっと飛びすぎてはいませんか、いたずらっこの火なぶりが過ぎてはいませんか。若気のいたり、ということもありましょうが」

お父さまはこの土地の有力者、郡長や警察署長や教育者、軍人とも面識があり、一目おかれています。署長は、私への干渉も遠慮がちでありますが、ちょくちょくお父さまに注進されます。

警察署長が、私を監視しましたのは、「平民社」の人たちと文通していたからです。

島中雄三さま、下中弥三郎さま、おふたりとも「婦女新聞」の編集者で、「平民社」にも出入りしてらしたようです。私の投稿作品を高く評価していただいた方です。島中さまはのち、社会運動をされ政治家として活躍されました。下中さまは苦学して立派な教育者になられた方で、のち、平凡社を創設され、敗戦後は出版事業に成功され、また国際人として活躍されました。

継母の同郷の南鼎三《みなみていぞう》さんとは、お話も合い親しくさせていただき家へお越しになることもたびたびでした。南鼎三さんは、泉北郡（現和泉市）に生まれ、土地復権同志会に加盟していました。のち代議士になり弥次将軍として知られた方です。

「平民新聞」には、石川三四郎さん、中里介山さん、木下尚江さんらの文学にもすぐれた方がいらして、私にお手紙を下さる方は少なくありませんでした。乙女の身ということで興味をもちだした方もいました。恋文めいたお手紙もありました。

でも私、そんなの好みません。男であれ女であれ、同志として対等にお話ししたいのです。でもそれはむつかしいことでしょうね。女には選挙権もありませんし、演説会を聞きに行くこともできないのです。学問することより良妻賢母の道しか許されていないのです。

私はもっと深く知りたいのです。世の中のこと、土地解放論、富の分配、自由結婚や社会主義のことなど、知りたいのです。ものずきな気まぐれのものではありません。得心のゆくまで掘り下げて自分のものにしてみたかったのです。

私はなに不自由ない地主の娘、髪長う、額白う、好みのままの調度や衣装。一日でもお嬢さまのような身になってみたいと召使の女たちは言います。

あしたわがさす口紅の　赤きいろ香をとふなかれ
　いたみにもゆる胸の火の消えむはてなきかげとみて

でもわたし、赤い口紅さしても逢いにゆく恋人もいないのです。年貢をとりたてる地主の娘は、小作人たちの悲惨な生活に心痛めて、恋と思想のはざまにゆれています。

森近運平

五月、「平民社」で早くから活動していた森近運平《もりちかうんぺい》さんから手紙が来ました。

記事が気にくわないからと、たびたびの発行停止、執筆者の拘束、罰金などで週刊「平民新聞」、「直言」、日刊「平民新聞」など廃刊に追いこまれたのです。そこで「大阪平民新聞」をあらたに発行するというのです。鋭い風刺を笑いに包んで庶民に愛された「滑稽新聞」のジャーナリスト宮武外骨《みやたけがいこつ》の資金援助を得て、森近さんが編集する、ついてはカンパをという趣旨の手紙でした。

お国の政策を批判し、人々に自由平等や権利を伝える新聞はこうして強圧的に弾圧されていました。

私にできることならと、百円お送りしました。

森近運平さんは岡山の農学校出身の県技手をされていて、農業や園芸の研究実践で、貧しい農民の生活向上を夢みていた、目元の涼しい情熱的な青年でした。

父に

お父さまの杉山団郎は、進取の気風に富んだお人でした。土地解放論や富の分配、自由主義、社会主義者たちの標榜するそんな書物をよろこんでお読みになり、あることにはむしろ共鳴さえしていただけることもありました。

神山先生の自由な個性を尊ぶ私への教育にも賛同してくださり、外の世界に旅するのに、惜しみなくお金をあたえてくださいました。

でもたった一つ、たった一つだけは時代の差とでも申しましょうか、世俗よりも進んでおいでになるお父さまなのにお認めいただけませんでした。

　長田正平との恋をつらぬくことを許しになりませんでした。戸長として、杉山家の存続に妥協なさいませんでした。

　私はあらがいました。飛び立とうとしました。けれど結局お父さまの胸に還るしかなかったのです。母が去って以来、私をつつみこんでくださったお父さまの愛にそむけなかったのです。父ひとり子ひとりの強いきずなにしっかりと結ばれていたのです。低い御背、白皙のお肌は美禰ひいおばあさまの血を継いでおられるようです。私は杉山家の血にあらがい続けることができなかったのです。

小板橋

　六月、杉山家の婿が正式に決められました。六月、私にとって喪の月です。

　恵日庵からひとり、私は石川原に向かってつづら折りの坂を下りて行きました。入梅前のひととき、さわやかな夕風がそっと私の頬を撫でてゆきました。私の足はおのずと正平さんとの思い出の河原に向かってしまいます。

　もう遠い異国から帰らない人なのですが、待ち続けた日々の悲しい習性のように急坂を下ると、さわさわと小川が音を立てて流れています。

　小川にかかる一枚の板橋、ふと流れに目をやると一枝の野バラが流れてくるのです。小さな白い花、あえかな花びら、どこへ流されてゆくのでしょう。一瞬、清らな香りが私をつつみました。

私もとうとう運命に逆らえず、お父さまの意志に従って流されてゆくのです。

あんなにいちずにひたむきに愛しあった男への想いを捨ててゆくのです。

私の想いを詠った歌も、求めた真理を筆にした文芸の道も捨ててゆくのです。そんな夢を捨てた私は、夢の殻《から》です。

あの白いはかないうばらのように、どこへともなく流されてゆくのです。

小板橋

ゆきずりのわが小板橋《こいたばし》
しらしらとひと枝のうばら
いづこより流れか寄りし。
君まつと踏みし夕に
いひしらず沁みて匂ひき。

今はとて思ひ痛みて
君が名も夢も捨てむと

なげきつつ夕わたれば、
あゝうばら、あともとどめず、
小板橋ひとりゆらめく。

『明星』明治四〇年一二月号に載せられた私の詩は、絶唱として後の世に賞賛をいただいたことです。

さかしき道に

そのころの私はまるで尼さんのような心境、実際恵日庵でこもり念仏していました。源氏物語の宇治の姫君、大君のように、結婚を拒否し出家したい、と思いました。

寂しい秋風が石川原に吹いています。ちどりの悲しげな鳴き声、思い出の月見草を摘んでみるのですが、お見せするいとしい方はもういらっしゃいません。あのひとと出会ってから八年になるのです。結婚が決まっても忘れられるものですか。いっそ目も盲《し》いよ、髪も落ち散れよと、私はやけっぱちな心境です。

黒髪に夢のからなるわれ掩ひ柩のくるま人に送る日

黒髪の千すぢのみだれ風さかひあゝ焦熱の火中《ほなか》をぞ行く
玉柱《たまじ》おき千すぢの琴と高鳴《たかな》らむわが黒髪に指なふれそね

私の黒髪、こんなにつらくても長く豊かです。与謝野晶子さまのように誇らしく恋のよろこびを詠うことのなかった私の黒髪。

この黒髪で夢のぬけがらになった私を覆い、私の柩《ひつぎ》のくるまを婿となる男に送る日が近づいてきました。

黒髪は千すじの琴糸となって、私の情念の音を響かせているのです。この黒髪を他の男に触れさせてなるものか、と黒髪の蛇がからまるように叫んでいます。

乱れ乱れた黒髪、あらがいつつもあらがいきれなかった私です。私は焦熱の地獄の火の中をゆくのです。

私の最後の歌の載った『明星』明治四一年一号の表紙は和田英作画伯によるギリシャ神話の悪女メドゥーサで、蛇がからんだ髪です。

わが涙玉とし貫《ぬ》きて裳《も》にかざりさかしき道に咀《のろ》はれて行く

私の激しい拒絶の思いをよそに、総領娘の結婚にお父さまは安堵の表情を浮かべています。祝いの席に駆けつけた一族の者はめでたし、めでたしと寿ぎます。娘はやがて子をうむでしょう。

血筋を絶やすことなくお家は安泰です。そんな女の道をさかしき道というのです。私は私を捨てさかしき道をゆくのです。

明治四〇（一九〇七）年一二月一七日、みぞれ降る寒い日でした。

暮れ方、山を越え婿殿はやってきました。先頭は仲人の君、提灯を灯した従者の後について、婿殿は羽織袴の正装でやってきました。

私は、高島田に純白の綿帽子、豪華な刺繍と金箔をほどこした友禅の紅梅の花柄の綸子の衣装、その上には白無垢の打ち掛け。

重い袂でした。裳裾には涙の玉を飾りました。

正装の着付けをすまし、私の部屋から、婚礼儀式の大床の間にすすみます。従者は燭をとりて廊にうずくまります。

海のかなたの君よ、あなたはこの私の思いをお知りになるでしょうか。

第三章　蜜月時代　そして破たん

蜜月時代

「まあー、きれいなおよめさん」

「お婿さんも男前や」

「お似合いのめおと雛や」

宴席の客が口々におしゃべりしています。

沈んだ私のこころを誰が知っているでしょうか。

憂いを秘めた花嫁はかえって美しく見えたのでしょう。

花嫁二六歳、花婿二九歳。緊張した面持ちの花婿荘平はきりりとした美形の青年でした。

盛大な華燭の宴は終わりました。招かれた客人たちは、夜更けの町を帰ってゆきました。

宴のあと、潮がひくように静寂が来ました。

大奥の間には、従者たちによって新床がしつらえられています。

私は未練をうちはらうかのように純白の打掛や華麗な衣装を剥いでゆきました。歌も、恋心も、一枚一枚剥いでゆきました。

決別するのです。この男の妻になるのです。

枕もとのかすかな灯りは、私の瞳にきらり光る粒をうつしだしました。

大和の大庄屋からきた男は、河内の大地主の大床の間の豪壮な襖絵に圧倒されたのでしょう。

「いやいや、俺だって、大和一の家柄……」と気をふるいたたせてのつい先刻のはりつめた思いが解けたのでしょう、ほっとした柔和な表情を見せています。

新床にはこの家の息女、美しい、けれどどこか人を寄せつけぬ気位の高い女がいます。この女を征服せねば、と男は疲れた体を燃やさねばなりません。

こうしてふたりは、ぎこちなく、それでも結ばれました。


秋の空馬の千鞍《ちくら》に花かざり我を奪《と》る子は山越えて来ぬ

華々しい祝宴の花ふるなかで、私は山越えてきた男と結ばれたのです。

私は決意していました。婿を迎え杉山家を継いだからには、歌を捨てよう、あのひとへの恋心も、と。青春の夢はさめがたいのだから、おもいきって筆を捨てよう、硯も砕いてしまおう。こうと決めたら、容易にくつがえさぬいじっぱりの私です。

夫荘平は、新婚の日々も寄せられる露子宛のたくさんの手紙や、「婦女新聞」『明星』に驚きつつ、眉をひそめているようでした。明治四〇年と四一年の『明星』に載せられた激しく結婚を呪詛する歌を目にしたかどうかはわかりません。私の書斎の奥に秘められて置かれていたのですから。それでも荘平は、自分がこの女にすべて受け入れられてはいない、と感じていたようです。

翌年の春がきました。庭のこぶしがふくらむころ、夫は言いました。

「孝子は、ずいぶん友達がいるんだな」

「杉山の家内として専念するほうがいいんじゃないか」

「俺もこの家に入ったからには、家長としてやりきるからな」

「わかっています。

『明星』も与謝野さまにおことわりします。『婦女新聞』もやめます。あなたがお望みですもの」

私は、さすが沈んだ声ですが、きっぱりと答えました。噛みしめた唇から口惜しさがにじみ出ているのに、夫は気づかなかったようですが。

こうして結婚の翌年明治四一年五月、『明星』五号の「社中消息」に退社の報告が載せられました。明星歌人としての石上露子は幻のように去ってゆきました。

五月、初夏の明るい河内野、金剛山は青く夏色に染められて、どっかりと田野を見下ろしています。もう恵日庵にこもることはなくなった私、庵の下を流れる石川は水量を増し激しく力強く流れています。向こう岸のかなたに広がる田地、板持や大伴は杉山家の小作地、早苗が青く根づいています。

　このころ、荘平は、新妻の私を伴って、大和の川西村結崎に里帰り。結崎は中世能楽の大家世阿弥の父、観世清次の所領があり、能楽発祥の地として有名です。古い集落の中に、堀を巡らせた城のような豪邸の片山家があります。広大な敷地には本屋敷と離れ座敷、いくつもの蔵、庭には梨畑がありました。荘平の兄、片山太郎夫妻が私たちを温かく迎えてくれました。

　白い梨の花が咲いている、新妻の私は結い上げた髪を下ろし、さっぱりした単衣に着替え、夕風に吹かれている。ふっくらとした頬、湯上りの化粧っ気のない顔つきが、なんとも色っぽい、男に愛された新妻がほほえんでいる。そんな私を荘平はぱちぱちと写真に撮ってくれました。

　婿入り後も、片山家には荘平のアトリエが残されていました。「早春の農村」と記入された油絵に目がとまりました。藁が積まれ雪をかぶった野、木々はほのかに芽生え、繊細で情感ただよっています。

「あなた、すてきな絵ね。

　富田林の家にもアトリエつくりましょうね」

と私、妻の言葉にまんざらでもなさそうな荘平。

　夫は絵筆をとり、妻は歌を詠む、たがいの趣味を楽しみ認めあう夫婦でおられなかったのでしょうか、今から思えば、どこでボタンのかけちがいが生じたのでしょうか。

じっとり汗ばむ梅雨のころから、荘平は眠れぬ夜の苦痛を訴えるようになりました。婿として新しい大家族の生活に入り気遣うことに疲れたのでしょう。休養のためひとり結崎に里帰りすることになりました。

私はさみしくて手紙を出しました。

かかりつけのお医者の見立てのほどをうかがい、夫のお心の回復を切に願いました。

荘平は園芸が趣味でした。結崎へ使いに出した杉山家の従者かめ助はチューリップやヒアシンスの球根を持ち帰っていました。私はそれを水盤に浸したり、地植えしたり、金魚鉢に入れたりしていました。「……それにておよろしかるべくや、ふ性《（ママ）》ものなれどもいとせめてのに水は枯らし申すまじく存じゐ候」と夫のご機嫌をうかがい、夫の送ってきた花を、かいがいしく世話する、なんともつつましく、愛らしい新妻なのでした。

手紙には、友人南氏が洋行みやげにドイツの青色ネクタイをくれたことも報告しました。夫の胸元に青いネクタイをあてて、細面の美形のあなたにきっとお似合いでしょうね、とうっとり夢想しました。大和と河内、山地ひとつをへだてて離れている夫をせつなく思いました。恋しく思いました。

手紙の末尾には、さらば、〳〵〳〵と三度のくりかえし、離れている夫への哀切な叫びです。ふたりのこんな蜜月時代もあったのです。

出産

明治四二（一九〇九）年初夏。私は食欲がなくなりました。ただでも食の細い私ですが、ひどい胸やけになやまされ、蒸し暑い午後など、何度も吐いてしまうこともありました。女中たちはすぐそれがつわりであることに気づきました。

「おめでたですよ」とささやきあっています。

結婚二年目のことです。私はほっとしました。結婚後、つとめて荘平の良き妻になろうとしていましたもの。青春の夢からさめて世間並の妻になろうとしていたのです。

懐胎、ああ、これでほんとうの妻になれる、うれしいような、でも複雑な気持ちでした。こころの片隅にしまい込んでいた青春の形見、美しい宝石のようなものが消えていく、といちまつの寂しさを感じていたのです。

総領娘の懐妊はすぐに父団郎に知らされました。そのころ父上は胃痛になやまされていたのですが、満面に笑みをたたえ、心底うれしそうでした。

杉山家の跡継ぎのお産、近所に産科医院があったのですが、団郎は、大阪一の産院でお産をと望みました。妹清子は、誤診で、出産時母子もろとも亡くなりました。あの悲痛な思いが今も父団郎の臓腑をしめつけていました。そして名医が探し出されました。

大阪市の中心地、今橋の緒方産科病院という評判の高い産院が知らされました。私の幼いころ、親子四人が父団郎の出養生のため四年ほど滞在した場所で、父団郎の治療した緒方病院から独立した病院でした。江戸末期、蘭学者の緒方洪庵は適塾を開き、明治の新時代を背負う俊英を育てたのですが、緒方産科病院の院長は、緒方洪庵の孫娘千重の婿養子となった緒方正清という方でした。ヨーロッパで、最新の医学を学んだ評判の優秀な医者でした。

さっそく私たち夫妻は今橋に出向き、診察を受け入院の手続きをとりました。

病院の近く船場、中之島界隈は、銀行、役所、新聞社などがならび、大阪の経済や文化の中心地です。私の通うた愛日小学校、梅花女学校、浪華婦人会の催し会場だった中之島公会堂など、私にはなつかしい土地柄で、土佐堀川や木々の豊かなこころ和む土地なのです。

明治四三（一九一〇）年二月九日、私は長男善郎《よしお》を出産しました。二九歳のときでした。かなりの難産で、死にそうになった命を院長の手で助けられたのです。

赤子は二八〇〇グラムの元気な子、父団郎は「孝子、ようやった」と総領となる男児誕生に喜びの声をあげました。善郎の誕生は杉山家に光がさしたようでした。子守女があてがわれましたが、私は、しょっちゅう善郎を抱き上げ、世話をしました。ほれ、首がすわっただの、寝返りをしただの、はいはいをしただの、成長に目をほそめ、夫荘平とよろこびあったものです。

床に臥しがちの父団郎に代わって、荘平は家長としての小作地管理や交友にも慣れてきました。妻の私は家刀自《いえとじ》として育児以外、使用人の管理や、親戚とのつきあいに多忙な日を過ごしていました。歌を詠むことや文学創作することに縁遠い日常にあけくれていました。

大逆事件

明治四三（一九一〇）年一一月一〇日、晩秋とはいえ、冷え込む朝でした。大阪朝日新聞を見て、私は顔色を変えました。激しく動悸がうちます。

暴露したる大陰謀の顛末　▲破壊暗殺の実行　▲愈　公判の開廷

というゴシック文字。天皇暗殺を計画したという被告二六名の名をあげていました。

私は激しい動揺を抑えようとしましたが蒼白の顔面はどうしようもありません。

この年の夏のことを思い出していました。富田林警察の署長、警部西村幹一が突然杉山家にやってきました。父団郎と親しかった西村の、いつものと違って、殺気だったけわしい表情に私は驚きました。西村は私に尋問しました。大家の家刀自に、礼を失すまいとしつつ、それでも東京上部からの重大な取り調べであることを、重々しく伝えました。

三年前、私の結婚前のことでした。のちにこの取り調べの内容を、大逆事件の取調官だった大田黒英記（正男）は明治四四年早春に書き留めています。「幸徳伝次郎・森近運平」の中で次のように記しています。森近運平への百円の寄付金の件です。

大阪平民新聞ハ斯ノ如クニシテ起リタルモノナレハ宮武外骨ヨリ月々四五十円ノ補助ヲ受ク

ルノ外同志ノ寄付金ニ依テ漸ク之ヲ支持シタルモノニシテ河内国南河内郡富田林村杉山孝子ハ金百円ヲ寄セ又大石誠之助ハ数度ニ金五十円ヲ贈リタリト云フ。（後略）

私への尋問はいつになくきびしかったのです。事の重大さを察し、病床から起きてきた父団郎は、頭を下げ、穏便な処置を願いました。娘は一児の母、結婚以来、東京の関係者とすべて交友を絶っていることを述べ、ひたすら謝していました。名士である父上のありえない屈辱的な姿に、私はうちのめされました。私と同様に森近運平に協力した和泉の南鼎三は二〇日間留置場に放りこまれたというのです。

事件摘発後八カ月で二四名に死刑判決を下し、わずか六日後翌明治四四年一月二四日から二五日にかけて一二名は処刑されました。

裁判は公開されず、多くの国民は事実を知らされなかったのです。

あみがさをかぶせられ、刑場にひきたてられる一二人のうち、私のよく知っている人が三人もいたのです。

幸徳秋水、森近運平、そして管野須賀子。

今日では、天皇暗殺を計画した「大逆事件」と称され、その真実が多くの研究者によって明らかにされてきました。当時の政治権力者、桂太郎や山縣有朋らのでっちあげた国家的冤罪事件であるとされています。日清、日露戦争の勝利に続くアジアへの植民地支配という国策に反対する者はどのような運命をたどるかを見せつけるものでありました。

弁護人を買って出た明星同人平出修先生は、その真実を記録し残しています。平出から聞き取り、石川啄木も義憤を表現しています。社会主義者や自由主義者、自由な表現への以後の弾圧を予測させる事件であり、森鴎外はその著「沈黙の塔」で危惧し、永井荷風は自らの文学者としてのペンの萎縮をみとめざるを得ませんでした。

処刑された新宮の医師大石誠之助を、同郷の青年詩人佐藤春夫や大石と親交のあった与謝野寛は、風刺詩にして歌いました。与謝野晶子は事件に衝撃をうけて、難産を経た病の床から次のような歌を残しています。


産屋《うぶや》なるわが枕辺《まくらべ》に白く立つ大逆囚の十二の柩《ひつぎ》

事件の首謀者とされた幸徳秋水。日露戦争時、堺利彦とともに「平民新聞」で反戦の論陣をはった人。戦争の理不尽さや、小作人たちの悲惨な生活苦を若き日の私に教えてくれた鋭い論客の人幸徳秋水が、国家への反逆人、謀反人、極悪人として刑場にひかれゆく。

私が百円の活動資金をカンパした森近運平は、貧しい郷里の農民が、豊かに生活できるために、野菜や果樹の改良を企てる農業技術者でした。新しい解放新聞「大阪平民新聞」をつくるんだと、熱っぽく語った青年が。

ああ、あの管野須賀子が。彼女は一時、私の所属していた浪華婦人会で慈善活動などに私と行動を共にしていました。かよわき女が自覚し行動せねば、と役員会で熱弁をふるった須賀子が。

私はひとしれず、涙を流しました。動揺する私でした。

でも今の私に何ができましょうか。大地主の妻として生きる私に。

あの三猿のように、ひたと両手を耳にあてて、何も聞くまい、何ものも見まい、言うまい。

うつりゆく時の流れ、思い出につながる世の動きに、遠ざかろうとただつとめるだけでした。

父の死　禮子の死

明治四四（一九一一）年のこの年は、杉山家にとっても受難の年でした。

若葉の萌えるいのち輝く季節なのに、私の最愛の人、二つの命がもぎとられてしまいました。

五月一七日、父団郎は亡くなりました。享年五五歳、数年前から胃の痛みをもらし、食欲がなく、痛々しいほどやせこけていました。年が明けてからは、胃癌の激痛に耐えられぬさまでした。

私は日も夜もなく付き添い、痛みを訴えるたびに、背や腰をさすったりしました。

実母は去り、妹は死に、残された父と娘は寄り添い生きてきました。私は父に愛され、父を敬い、強いきずなに生きてきたのです。恋をあきらめ文学を捨て、婿を迎え杉山家を継いだのも、結局は父の愛にそむけなかったからです。

悲しみの淵に沈みつつ、父は死によってあの激しい痛みの地獄から解放されたのだと思うことが、せめてもの慰みであったのです。

杉山家の当主杉山団郎の葬儀は盛大でした。五日間の葬儀、五〇〇〇人の会葬者と表悔受、五〇戸の親族、手伝い三七三人、一五石の米や料理の供応、一八二二円の接待費……。古式にのっとった荘厳な葬式列、大地主としてふさわしい大葬礼の格式でした。またそれだけでなく慈善家としての団郎に人々は哀悼の情をよせました。富田林全町の人が仕事を休み、店をとざし喪に服しました。

父上の葬儀のとき、私は懐妊六カ月の身重でした。心身の疲れがひびいたのでしょうか。八月五日、生まれ出たのは、二六〇〇グラムの小さな女の子でした。禮子《れいこ》と名付けられたその子は、九月二日、お宮参りの朝、冷たく水泡のようにこの世から消えたのです。

しら露か何ぞや淡き宿命のあえかに消えしみどり児を泣く

母の私は、くれないの産着「一つ身衣《みぎぬ》」を抱きしめさめざめと泣くばかりです。

禮子の死と同じ日、宮崎旭濤九月二日の朝露に、という下中弥三郎さまより走り書きのはがきが届きました。旭濤とは、「婦女新聞」の誌上に天才児狂熱詩人として読者を魅了した人物で、はがきは、精神病院の一室でのいたましい最期を知らせていました。

禮子と旭濤、くしくも日さえ同じうして逝った二つの魂のゆくえに、私は慄然と嘆くのでした。

明治四四年九月、平塚雷鳥によって『青踏』は創刊されました。「原始、女性は太陽であった」

と高らかに、女性解放ののろしをあげたのです。私は女たちの自立への動きを、うらやましいと思う気力もうせていたのです。

長谷川時雨「明治美人伝」

明けて一九一二年、大正に元号は変わりました。
杉山家にはおだやかに過ぎゆく年でした。

大正二年、私は三〇歳、七月、讀賣新聞に当世の女性人気作家、長谷川時雨《しぐれ》が、「明治美人伝」第九回に「石上露子」を執筆しました。明治三九年初夏のころ、富田林の杉山家を訪れて、私と交友した新箏曲家鈴木鼓村さまが、琴のお弟子さんであった時雨に私のことを語っていました。時雨は独特の魅力ある美文で、明星歌人石上露子の実名を明らかにし、露子その人の存在を初めて世間に紹介したのです。

金剛葛城二上の麓富田林の里に、悲しき恋の歌を詠み、琴をかき鳴らし、昔物語の姫君のように、ひっそりと尼のように住まう豪家の娘、といったふうに、ゆかしく美しく語られていました。

私は自身の若き日の姿におもはゆく思いつつ、悪い気はしませんでした。情熱をもちながらも、泥沼にあがき、もがいていた私を、書き留めてくれる人に親しさを感じました。この文は、後、大正七年六月刊行の『美人伝』に収録されました。このとき時雨の求めに応じて掲載用の写真を送りました。

洗い髪のしなだれた女、白塗りの横顔、濃い紅刷いた唇、昔物語の姫君のイメージを演出したつもりですが、いささか艶っぽくてなやましい、三七歳の私です。いつもの石川写真館での撮影ではありません。恵日庵で夫長三郎が撮ってくれました。

幸せな日々

大正三（一九一四）年一月一日「心地よき日本ばれ、一夜のほどに天地のすべてあらたまりたる美しさ」「主人はいよいよけふより長三郎との改名に赤のご飯たいて元旦を祝ふ」、これは、私の務めでありました杉山家の「日誌」の抜です。父団郎死んで二年半、夫荘平は長三郎と改名し、杉山家の家長は、名実ともに長三郎となりました。私は満足でした。正月早々、夫は郡長や警察署長と付き合い、彼らの酒席での狂態を批判するなど、たのもしく思われました。

長三郎は、私が歯痛を訴えたら、田楽をつくってくれるやさしい夫でした。長三郎は私に「腹が痛い」と甘え、妻の私は「おもゆだけでも召し上がれ」と、そんな日々でした。

夫が子供を連れて大和の実家へ帰ったり、実母奈美が遊びに来たり、私たち母娘は三越へ買い物に行ったりで、親戚とも仲良くつきあっていました。このころ、信心深い、奈美の忠告をうけいれて、善郎を芳央に、孝子を雅子や以津子と改名しています。継祖母と親子三人の他に叔母ノブの残した末の娘のヨシエを引き取り親代わりとして世話をしていました。善郎は継祖母にかわいがられ、すべてこともなき幸せな杉山一家でありました。

善郎は期待したように優秀な子でした。まだ片言の三つ四つから、絵筆をとり想像の翼を広げて、バナナ実りしゅろの茂る南洋の島や、白熊住む氷山の北極を巧みに描くのです。

このころ、夫はときどきキャンバスに向かいます。

「あなたの血を継いだのかもしれないわ」と私。うれしそうににっこりしている夫。ひょっとして祖先のすごい絵の天才の血があらわれたのねと親バカぶりの私なのです。

この年八月、第一次世界大戦勃発、日本軍は中国の山東半島のドイツ領に出兵し、一九一五年には日本は中国に二十一ヵ条の要求を認めさせ、中国での権益拡大をはかりました。戦場は遠く、戦いの当事者でないせいか、国民にも緊迫感はなかったようです。むしろ、戦争景気で生糸や綿織物の輸出の増大、重工業の発達など一時的な好況をまねきました。

善郎は数えで五歳、一〇月には幼稚園に入園。家から西に坂を下って三〇〇メートルほどの地の富田林尋常小学校に附設された新設されたばかりの幼稚園でした。

富田林町の有力者によって幼稚園設立趣意書で、高らかに宣言されています。「教育こそ百年の計画をもってすべきものである。繁忙な商業のこの地では、家庭教育がおざなりになりがちなので、幼稚園教育が必要である」と。ちなみに、発起人は勝山卯三郎・葛原茂治・葭原善暁の三名、一一名の創立者の中に杉山長三郎は名を連ねています。

善郎は、一期生五歳児二八名のひとりです。九月には父と一緒に見学にでかけました。一〇月六日に赤飯を炊いて入園の祝いをしました。

好彦誕生

明けて大正四(一九一五)年、私三四歳、三度目の妊娠でした。

長男は難産で死ぬ思いをしました。二度目の出産の長女は、一カ月の命。

「今度は、大事にしようや、丈夫な子を産んでや」

夫はやさしく声をかけてくれます。

「ええ、気をつけますわ。

今度も緒方病院の院長先生にお願いしますわ」

妻はふくらんだ下腹部をかばいながら、ほほえみ返します。

三月一九日、梅の香りただようころ、私は、まとわりつくいとし子善郎の手をせつない思いでふりはらい家を出ました。下女ムメを連れて、富田林駅発一二時の河南鉄道に乗車しました。柏原駅を経て湊町へ、駅頭で人力車に乗り今橋へ、という路程です。

昼の汽車は空いていました。汽車の中で、田中万逸氏に出会いました。

「お孝さんやないか」

なつかしいお人、富田林小学校時代からご一緒でした。赤十字総会に上京して以来、一〇年ぶりの、出会いでした。新橋駅に見送りにきてくれ、歌の書いたハンカチをくれたお人。かつて、

「恋に破れて、ひとりゆく生の旅ぢ」とその流麗な筆致に私を泣かせたお人。今の田中万逸氏は、六日後の衆議院選挙に立候補し、激しい戦いに挑む若駒、そのりりしい姿に、幸多かれとひそかに願いました。

今橋の緒方産科病院には、二時ごろに着きました。

院長緒方正清さまは、髭面の顔をほころばせ迎えてくれました。三年半ぶりの入院でした。

「ようこそいらした」

「先生、またお世話になります」

私もなつかしい思いで、三階建ての堂々とした病院の玄関に立ちました。緒方院長の慈顔にほっとしました。

この日の朝、富七、伊之松ら、杉山家の者が先に来ていて、こまごまとした入院の準備はされていました。二階に三五室、三階には三一室の個室の病室があり、二階はすべて、富裕な地主や商人層の妻たちのための特別室でありました。私には、付き添いのムメも起居できる副室つきのゆったりした病室が用意されていました。院長室にも近く、院長室の隣には、文庫のある応接室がありました。

当時、庶民のお産風景は、産婦に陣痛がおこる、あわてて姑がお湯をわかし、村の産婆を呼びにやる。産婆がかけつけ、お産を介助する、といった具合でした。たいてい家でお産するのですが、安産であればいいのですが、明治二〇年代の東京府での調査によりますと、一割の赤子が死産だということです。

そこで、正清院長は助産婦の資質と地位の向上をめざしました。産婆を助産婦という名称に変え、明治二六年には助産婦教育所を設立し、明治二九年には卒業後の彼女らのために、医学誌『助産乃栞』を創刊しています。この国の多くの女たちのお産の在り方まで指導されるすぐれた医者であったのです。

また文化にも造詣の深い方で、『助産乃栞』に俳句、短歌などの投稿欄「文苑」をもうけていました。

三人の子の出産、流産のため四回の長い入院生活で、院長は私と親しくしてくださり、私のかつての文学的活動を知り、しきりに「文苑」投稿をお勧めになりました。私は院長を命の恩人として敬愛し、父のように慕いました。長男出産の年明治四三（一九一〇）年からお亡くなりになる年大正八（一九一九）年まで一三篇の私の作品が、『助産乃栞』の「文苑」欄に掲載されました。


好彦出産の体験を「文苑」に載せています。その「産床日誌」をひもときながら、私の入院生活を思い出してみました。

出産の日を待つ私は、毎日富田林からの夫の便りを待ち、便りをしたためる日々でありました。あのいとし子善郎はどうしているかしら、夫長三郎は。

夫の居ない七日間のさびしくせつない想いは、新婚の甘いころにかえったようです。結婚八年目のややもすれば倦怠の日常への嘆きがふっとんだみたいに。抱きしめられたあの人の懐が恋しい。

夫は入院後六日目に来てくれました。その日の早朝衆議院選挙をすませ、昼前緒方病院にかけつけてくれました。おさなごのようにひたすら待っていた夫が来てくれました。恋人たちのような逢瀬の時間は早く過ぎてゆきます。夕日のさしこむころまであの人はそばに居てくれて、子供が待っているからと、惜しみつつ帰ってゆきました。私は涙がいっぱいあふれてきました。どうしようもないくらい。

ふたりは、たしかに愛し合っていたのです。

四月五日早朝、孝子産気づくとの電話をうけ、夫長三郎は朝一番の汽車でかけつけてくれました。

男児三一〇〇グラム、手足を動かしている元気な赤子。

前夜から陣痛が来ました。入院以来、心臓の乱れを診察していた院長は、陣痛の痛みを訴える私に、麻酔処置をして、いわゆる〝無痛分娩〟で出産させてくださいました。私はいつのまにか眠りにおちて、明け方元気な産声がうぐいすの鳴き声にまぎれて聞こえてきました。

天地のこのあけぼのゆわが領と高音ほがらかにうぐひすの鳴く
あめつちはあでに（ママ）尊しうぐひすの鳴くなる声によみがへりつ、

なんともうれしくもほこらしい春の目覚めでありました。

家を継ぐのにたったひとりの娘、絶え入りそうな杉山家の家系を嘆き心配していた故父に、二人までも男児を得た今朝の誇らしさをご報告できたらと、娘の私はくやしく思うのでした。私は、ただお産した女の誰しもが感じる母としての喜びにひたっているだけではありません。杉山家の頼りがいのある後継者を産みおえた喜びを感じていました。これこそ、歌を捨て恋をあきらめ、父の意志に添い結婚し、お家継承の目的を達成した安堵感であったのです。家父長制度の下での、称賛されるべき女の手柄とでもいいましょうか。

退院までのベッドの上でのやすらかな日々。よく乳がはります。乳もみの女も来てくれます、か弱い私ですが、三人目の子には満ちたりた母乳を与えました。その熱がすこし悩ませましたが、ふくらんだ乳房に吸いつく吾子の力強さ、いとおしさ、母の体内からほとばしるいのちの泉が子に伝わる至福のひとときでした。

杉山家の縁者は次々と見舞いにやってきて祝福の言葉をかけてくれました。

「孝子、元気かえ、ようがんばったね」

再婚した実母大谷奈美は、早世した娘清子の夫倍太郎とともに来てくれました。奈美の里河澄家の人たち、叔母の山縣親子《ちかこ》や西尾キサも。

夫の兄市太郎は病院近くの西区新町通りの薬種商妻鹿《めが》家に婿入りしていましたが、にこやかにたびたび見舞ってくれました。にぎやかな産室でした。嫁入り前の従妹のとみ子やたづ子も。継母の栄《エイ》も。

見舞客の絶えた、春雨の降る静かな窓の下で、私は「迷想」します。青春の夢破れて、父のためにと生きてきましたけれど、今ふたりの男児を得て、私の「霊の火」が燃えさかります。もうかよわい女だから、と嘆きはしません。夫を愛し、二人の子の母として力ある春のめざめを決意する私でした。

「孝子さん、お元気になりましたか」
院長が回診のおり、文庫からふらんすの雑誌を持ってきてくれました。

ふらんすの都に行きて君を見むと願はぬまでも老いにけらしな
ふらんすの絵など詩など思ひつゝ産屋にこもる春のわれかな

私はこんな歌を詠みました。院長の持ってきてくれたふらんすの本はおしゃれな雑誌でした。胸をはって都パリを歩く女たち、絵や詩も楽しませてくれました。淡くなってしまったあのひとへの想い、私は三四歳、すっかりお婆ちゃんになってしまいましたわ。あのひとのいる遠つ国へゆきたいという気持ちも失せてしまいました。あのひとの居るところはカナダのバンクーバーです。たまたま院長さんのみせてくださった誌から、歌にはふらんすという名をつかわせていただこう。人に聞かれたら、恋人はフランスに去ったということにしておこう。あのひとへの想い、虚か実か、夢のようにさだかでなくなってしまいましたもの。

三月一九日に入院、退院は四月二〇日、退院のときには看護婦を同道しました。院長さまのおかげで無事次男を出産し、およそ一カ月の悠々とした入院生活をおくりました。

ふたりの子育ての日々は、母となった私には満ちたりた平穏のときでした。

翌年の正月、次々と訪れる祝賀客の絶え間に、私は育児日記をしたためます。中庭にはうぐいす一羽水浴びするけはい。

好彦と名づけられた次男はさっき子守女に寝かしつけられました。母に似てつぶらなまなこ、父に似て濃く長いまつげ、をうっとりと見守ります。

半時してコトコトと小さき音、好彦は起きたらしい、破魔弓や乳豆や子犬をもって取り乱し始めた活発な好彦。寝起きの髪は右左巻いておかしく、六歳の兄善郎が「おもしろの獅々の子」と叫びます。家人もつられて、「獅々王」とあだ名します。私は思うのです。そう、獅子のように雄々しくたくましく猛者なれかしと。

夫との不仲

「養子大和に嫁河内」という俚諺《りげん》があります。堺や河内では婿養子をとるなら、気概があって倹約家の大和からがよいとされ、そんな婚姻関係がさかんでした。荘平もそのようにして選ばれた一面もあるようです。

父団郎は、気前のよい慈善家でした。雨の日の軒下には何本もの傘がおかれ、来る客にただでふるまわれました。何度も杉山家に雨宿りして傘をいただくというちゃっかり屋もいたとか。団郎はしまつやではありませんでした。酒造業は、私が生まれたころにやめていますが、商人仲間と能舞台を興業したり、句会を楽しむ趣味人でした。私と妹には惜しみなくお金をつかってくれました。

先代の長一郎から継承した地主の資産を六一町から五四町に減らした浪費家だと非難する親戚もいました。

大和の人長三郎は、杉山家の家風にそろそろ改革の風を吹かせようとしました。大勢いた使用人も無駄をへらすといって里へ帰らせ、食事にまで口をだしました。

河内・大和の百姓の食事は茶粥です。少量の米を茶で炊くとさらさらの茶粥ができる、貧しい百姓は、朝と昼その合間も「お茶を食べ」て腹をふくらませていたのです。おかずは漬物か味噌、たまには塩辛い鮭が一切れついたようです。むろん地主の食卓はそんな貧しいものではありません。

長三郎の改革は家刀自の私には気にいらなかったのです。

「ここのうちはぜいたくや」

「これはずっとお父さまのときからのしきたりです」

そんな会話が次第にふえてきました。

日常のささいなことが夫婦の間に溝をつくる、溝が川となって流れだす。

仲人の橋本忠兵衛さんのところにかけつけ離縁話を相談したこともあります。でも戸主を離別することは法律上不可能なのです。

結婚以来、文筆には縁を切ったはずの私でしたが、石川沿いの「恵日庵」にこもる時間がふえてきました。大正五（一九一六）年九月の『助産之栞』に「野分」「十八夜」などという古典的な美文調の作品を発表しました。私のなかに文学が生きていたのでしょうか。

大正六年の春、私はみごもりました。つわりがひどく、食事は喉を通らずひどくやつれてしまって、緒方産科病院に入院することになりました。院長はいつもと違って深刻な面持ちで宣告しました。

「孝子さん、このままではあなたの命があぶない。人工流産させるしかありません」

私は苦しみました。深い罪を犯す意識にさいなまれました。

「小さい、はかない命を流すなんて、母として許されない。さびしい、さびしい」

と付き添ってくれていた叔母の西尾キサに泣きながら訴えました。

子供たちはすくすく育っています。やんちゃぶりを発揮する次男好彦。

でも、流産してから、私の心はすぐれません。ともすれば暗い気分になるのです。

わりなしな夢の殻なる身と云へど病むれば母の泣きたまふなる

わが死なむ日の後をさへしみじみと思ひつゞけぬさびしき心

夢を捨ててからっぽの私ですけど病んでしまって苦しくて、と言いますと母奈美は泣かれるのです。私の死後のことなどしみじみ思ってしまいます。さびしい心です。

身も心も疲れていたようです。

大正七（一九一八）年、米の値段の高騰に富山の女たちが米屋を襲うという「米騒動」は、富田林でも起こりました。興正寺に数百名の群衆が、米商を襲撃せんと集合したのです。そのとき町の有力者が基金を出し、米を安売りするという施策で事なきをえました。

大正八（一九一九）年八月二二日、緒方病院緒方正清院長は急逝されました。父のように慕い心のよりどころであった人の死に、泣けて泣けてたまりませんでした。私の文学復帰を支え願った人でもありました。

大正五（一九一六）年、長男善郎は、幼稚園を卒園し、富田林尋常小学校へ入学しました。明慶寺にあった小学校が、明治三四年に寺内町の西方、毛人谷《えびたに》の田んぼの中に建設されていました。杉山家から西に甲田坂を下りて子供の足でも一〇分とかかりません。

私は入学させたものの、学校の教育が気になってしようがなかったのです。私自身は、父の出養生にしたがって船場の愛日小学校で学び、富田林に帰ってからは、明慶寺にあった小学校に転校しています。愛日小学校の先生は、新しい時代の先端をいく教師でした。福沢諭吉の「天ハ人ノ上ニ人ヲツクラズ……」や新体詩も教えてくださった。富田林の先生は、読み書きそろばんや今様のくりかえし、つまらなかったのです。そんな思い出がよみがえります。

私は、思い切って善郎の授業参観を申し出ました。校長が面食らったようでしたが、なにしろ、富田林きっての有力者のこととてことわりきれません。月に一回、教室の後で、きれいな着物を着たおばさんが、椅子に座ってじっと見ている、保護者参観などなかった時代の奇異な光景は、子供たちののちのちまでの語り草になりましたとか。案の定、私にはものたりない授業でした。

富田林は、中世の自治宗教都市を誇り、江戸時代、明治時代には南河内の中心として商業都市として栄え、人々は文化や教育にも熱心でした。けれども東京の文物に親しみ、幼少期大阪の中心部で暮らした私には、なんといっても「田舎」でしかなかったのです。

そんなころ、夫の親戚筋の寺田楠一が堺の浜寺に五万坪の宅地造成をしているという話が伝わってきました。大正七年のことでした。私はこの話にとびつきました。浜寺海岸は、高師浜と古歌に詠われた風光明媚の地、あの『明星』の与謝野鉄幹先生と晶子さまの出会いの地。高級住宅地にするという計画とか、とすると小学校も名門のはず。そこに別邸を建てよう。そう、子供たちのためにも富田林を出るのがいい。私は母として生きる、新しい地で。

一年後、私はここに夫と別居して母子で移り住みました。株取引に熱中している夫との心が遠のいている時期でもありました。

決意をうながしたのは、一に一〇歳と五歳になったふたりの男の子の教育環境のためでありました。孟母三遷の始まりといえましょうか。さらにうれしいことに、近くに大谷竹三郎・奈美夫妻、再婚した実母が住んでいたことでした。

夫長三郎はいよいよ家政改革にのりだしました。

地主たちは、小作収入だけに頼らず、有価証券投資に力をそそぐようになってきました。それを促進したのは、明治三三（一八九九）年の地租増徴・所得税法の改正、明治三七・三八（一九〇四・一九〇五）年の第一次・二次非常特別税の創設でした。要するに、土地所有にたいして重課し、株式や公社債所有に対しては軽課ないし免税措置という政策です。

第一次大戦はわが国の経済に飛躍的発展をもたらし、大正四年五、六月から戦時景気が目立ち始めました。同時に長期の株式ブームが起こり、富裕層から庶民に至るまで、一攫千金を夢みて株の売買に狂奔しました。

長三郎も大正四年六月ごろから、杉山家の経営多角化をはかり、北浜に通い株式売買に本腰をいれこみました。上昇し続ける株価に舞い上がった長三郎は、川野辺、甘南備、日置荘などの小作地を処分して株を大量に買ったのです。私や杉山家の家政管理している別家の者は、あやぶみ制止しようとしましたが、高揚した気分の夫は聞く耳をもちませんでした。

入婿して一二年の年月がたっていました。河内の旧家のくびきにうちのめされそうだった、プライドの高い妻とその一族、従者でさえも、大和養子のワシをみさげるような視線。だがもう負けるものか、ワシはこの杉山家のあるじ、まぎれもない家長なのだ。古くさいやり方なんぞ、捨てちまえ。もうあのつんとした妻の言うがままには動くまい。

いささかハイテンションの歯止めのきかない暴走車のような長三郎でした。そして魔の大正九（一九二〇）年三月一五日、株価は大暴落しました。第一次大戦後の恐慌といわれたそれです。父団郎から引き継いだ所有地は、二〇町歩台に減っていました。

妻や親族から非難され嘲笑された長三郎は、みずからの失態とはいえ、耐えきれず精神の均衡を失いました。強度のノイローゼといいましょうか、家人の忠告をよそに、いよいよ凶暴なふるまいを呈してきたのです。精神は安定した正常のときもあるのですが、興奮状態のときは、株式投機の失敗で杉山家が没落するかもしれないという恐怖心にかられて、さまざまな妄想があらわれるのです。目前に火の粉が飛散し、自宅が火事になりそうだ、白蟻が発生して家がこわされそうだとか叫び、食欲も落ち睡眠もろくにとれない状態でした。

酒造業は廃業していましたが、七三〇坪の敷地に残っていた三層の威容を誇っていた酒蔵や土蔵や居室の幾棟かを、長三郎は陣頭にたって、壊しにかかったのです。鳴りひびくつちの音、くずれおち、まいあがる土煙、私はおびえる子供たちを抱きかかえながら、母屋で耳をふさいでいました。

すこしは正常のとき、長三郎は小さくなって私に頭をさげるのです。

「孝子、許してくれ。わしはこの家を大きくしよおもて、株に手を出したんや。こんなことになるとは」そういって泣き出しました。ひとり住みのころの夫のかげに、男のかくし子がいることもわかりました。

「な、孝子、許してくれ。わしが悪かった。善郎や好彦のためにも、もう一度やりなおそや」

私は長三郎の告白に、女らしい嫉妬心も起こらなかったのです。父上から引き継いだ大事な父祖伝来の領地を減らした家長に、怒りと憎しみでいっぱいでした。許しを乞う夫への同情も哀れみもありません。

調べに調べつくした婿でした。芸術もわかるという人柄だと聞いていましたが、ろくでもない守銭奴、拝金主義者じゃないの、と侮蔑の気持ちまで起こるのをどうしようもありませんでした。ただ、冷たくつきはなすように言いました。

「もうあなたを愛してなんかいませんわ。私がいのちかけて愛したのは、あなたではありませんの」長三郎ははっとして青ざめました。

結婚以来、秘めて封印してきたものを、夫とのいさかいの場できりだしてしまったコトバの重さに、私自身唖然としてしまいました。もうつなぎようもなく、どうしようもありません。

長三郎は荒れました。手がつけられなくなりました。夫には家長としての一切のことから手をひかせました。

大正九年一一月一日、大阪医科大学病院精神科に入院させました。隔離病棟で施療され、病状が安定した翌大正一〇年二月四日退院、富田林には帰らず、浜寺の別邸へ逃避するように移りました。まだ、四二歳の若さでした。

別邸には、大正八年以来、私や子供たちが富田林から移り住んでいました。ここでも夫と妻とは心通わず、夫はすぐに、奈良の生家川西村結崎の長兄片山太郎宅に身をよせました。もう夫婦らしい会話はなく、夫を止めることもありませんでした。結崎の里でも長三郎の居場所はなく、大阪市天王寺区松が鼻町の借家に女中一人を相手に昭和一九年末まで隠居のような生活に入りました。このとき長三郎は四五歳ころと思われます。

長三郎によって三分の一の二〇町台まで激減してしまった杉山家の土地所有は、その後、昭和九年には別家の者たちの努力で四四町、七割強まで回復しました。

別家の中から田中碩郎に富田林の留守居を任せ浜寺に居住していましたが、私も株式の運用にも携わり、破産しかけた家政の立て直しをはかりました。

第四章　浜寺時代　京都時代

諏訪森の別邸で

大正八（一九一九）年に子供たちと移り住んだ浜寺の別邸は浜寺町大字船尾七〇七番地の八にありました。株に熱中する夫は富田林に残り、私ども夫婦は別居する状態でした。

私はこの諏訪森の別邸が気に入りました。海に向かってひらかれた新興住宅街は、山に囲まれた旧い町富田林とは異なる明るさがありました。

ここから東に遠く金剛葛城二上山がくっきりと見えます。つい数カ月前まで住んでいたのに、富田林の里を思い、なつかしくもあり、複雑な思いにかられました。

家の近くの諏訪神社の広い森、白砂青松の浜、夜は潮風の香りをかぎ、海岸に打ち寄せる波音を耳にしながら眠りにつくことができました。閑静なゆったりした住宅街です。それに五分も歩けば商店街や駅があり、南海鉄道の諏訪ノ森駅から、大阪市内の難波にも買い物や観劇に行くことができるという至便の地でありました。諏訪ノ森駅舎の正面上部に、めずらしいドレーバリグラスといって厚みの違いで色の濃淡を生むというステンドグラスがはめ込まれています。そのグラスの鮮やかな緑の松、ブルーの海、正面には淡路島が描かれ、駅の乗降客の目を楽しませてくれます。たしか今も駅舎とともにあるそうです。

私はさっそく浜寺尋常高等小学校を訪れました。別邸から商店街を通りぬけ一〇分も歩けば、ゆきつけます。明治三七年に浜寺・石津・船尾の三地区の尋常小学校を統合してできた児童数一二〇〇余名の大規模校です。石作りの正門と玄関、きちんとした身なりの通学する子供たちを見てほっとしました。

二年前の大正六年五月に東宮殿下（昭和天皇）が、堺巡幸の折、この学校に立ち寄られた、というのが校長の自慢でした。後、好彦在学中には、三階建ての白亜の講堂が建造されるのですが、ここでの教育は、レベルが高く安心できそうだと満足しました。

善郎は四年に編入学、近くに住む実母奈美は夫竹三郎の孫娘大谷嘉子を育てていました。嘉子が善郎に公園で遊んでもらっていたら、ブランコをとりあげられたり、お菓子もちゃっかり奪われたりしたとか、やんちゃな兄さんでした。嘉子より四歳年下の好彦はこのとき幼稚園に入園しますが、小学校ではすぐ級長になり、はやくも秀才ぶりを発揮しています。

宅地開発されたとはいえ、諏訪神社の境内には、松や楠がしげり、まるで森のようで、子供たちの絶好の遊び場でした。海岸に流れこむ三光川では、フナ・モロコ・ハゼ・川エビなどが釣れ、子供たちは日の暮れるのを忘れて真っ黒に日焼けして遊んでいました。

諏訪森の浜は南に浜寺公園へ続きます。浜寺公園は古くから名勝の地として親しまれ、明治六年に指定された日本でいちばん古い公園です。明治三九（一九〇六）年には海水浴場がひらかれ、東洋一といわれ、たいへんなにぎわいでした。

私は子供たちを浜寺の名門の小学校に入れ、教育に熱心な母になっていきました。富田林を出たとはいえ、管理をまかせている別家の者とは、頻繁に報告をうけ指示をあたえていました。夫の借財をとりかえすのに、証券の専門家の出入りもあり、株を上手に運用することを覚えました。私は優雅な女あるじであるだけでなく、地主の家長でありました。

すばらしい自然環境と教育環境にめぐまれた子供たちは、すくすくと成長していました。善郎は五年で尋常小学校を終え（六年卒業が普通）、堺中学校へ入学しました。一二歳、すらりと背丈も伸び小柄な母の背を越していました。毎朝、阪堺電気鉄道の船尾駅から堺の大小路《おおしょうじ》まで十数分乗り、そこから堺の街を横切って東に歩き、少年の足では二〇分ほどでしょうか、堺中学校に着きます。大小路は与謝野晶子さまの生家駿河屋のある宿院の次の停留所で、このあたり老舗の商家や寺の並ぶゆかしい町です。

堺中学校は明治二八年に開校された府立第二中学校で、明治三四年に堺中学校と改称され、進学率を誇る名門中学校です（戦後は男女共学の三国丘高校となりました）。大正末期の堺中学校は、大正デモクラシーの影響の下、外国人教師が傭聘される一方、学校に配属将校が配置され軍事教育が強化されていくという時代でした。善郎の入学した大正一〇年には五八七名の入学者数でした。

私はここで思いがけない出会いをすることになりました。

堺中学校で、国文・漢文・修身を教えていたのは、T氏でした。その日私は、三年になった善郎の担任Tを訪ねました。入学以来学校行事や父兄会に出席する私は、教員たちのあいだでは評判だったようです。ひっつめ髪の地味な小紋の装いの私でしたが、男ばかりの学び舎には目立った存在だったそうです。

歌人でもあったTは『明星』の石上露子を知っていました。五年前に出版されていた長谷川時雨の『美人伝』も読んでいました。私を見た瞬間、あのひとだ！「小板橋」のあの哀しくも清冽な詩を詠ったひと、そのひとが今ここに典雅な姿でいる、と直感したというのです。

善郎の担任Tと保護者の私は面談しました。

ほっそりとした美しいその青年は、沈んだ声で話しました。

「『明星』の石上露子さんですね」

Tは思わず口にしてしまいました。

「いいえ」

と私は否定しながらも、小さくうなずいてしまっていました。

私のことをこのひとは知っている。そのとき、明治三〇年生まれの二七歳のTは、口髭こそたくわえていますが、細面の繊細そうな青年でした。

このひと、やさしい目をしている、一瞬私は夫との激しいいさかいの月日、家長として杉山家財政の立て直しに株の取引きしている男まさりの日常の自分が、ほっとした安らぎの空間に居るような思いがしました。

私はこの日以後、学芸会――例年五月の父兄会の後もよおされていて、保護者は熱心に参加していました――や父兄会など機会あればすべて学校へ出向きました。私はTの熱っぽい視線に淡いときめきを感じていました。

「今も、歌を詠まれているのですか」Tは問うてきました。

私は答えられなかったのです。今の私は歌えない、子供たちの教育や杉山家の財政のこと、そのことで頭いっぱいですもの。

「僕のつくった歌、みていただけませんか」

Tの短歌はアララギ風の自然詠でした。清澄、清新、素直な詠みぶりだと思いました。

春の日を和みしづもる葱畠ならべる薹《たう》のはじけたるあり
芍薬は窓入る風に黄なる花粉《こな》花に乱れて机にも落つ

静かな叙景を詠いつつ内面に、はじけうごめき、ときにみだれる青年の感性を私は感じました。

芍薬は美人の形容、花に乱れて落つ、というなまめかしい状景ですが……。

Tはそのうち恋文を送ってくるようになりました。大正一三年九月ころからでした。毎週のように次々と。二八歳の青年の四三歳の人妻へのパセチックな恋文でした。

文末の「露子様　御膝に」「露様まゐる」と書かれた墨跡を私はそっと指でなぞってみました。胸の高鳴り、若き日のようなときめきとはちがうもの、この歳のこんな世事にまみれた女にまっすぐ向かってくる青年の美しさへの感動ととまどい。

どうして私の恋はいつも悲しいのだろう。祝福され成就することのない苦しい恋。

秋の深まった夕べ、Tが諏訪森の杉山の家を訪ねてきました。子供たちは、近くの大谷家へ遊びに行っていました。私はとまどいながらも、海岸へお誘いしました。私の家から川沿いに小道をゆけばすぐに浜にゆきつきます。屋敷の庭の木々があざやかに紅葉していました。甘い果実と磯のかおりがただようていました。うちよせる波の鼓動、私は黙って先を歩いてゆきます。

「突然、うかがってすみません」

恐縮しながらも、この日のTは饒舌でした。

「よい人からよい歌はうまれるのですね。小手先の器用に終わってしまってはなりません」

「心を磨こうと精進する人こそ一草の茎の美しさを見るのです」

まるで、教室で生徒に語りかけるような口調に、私は思わずほほえみました。子供の成績やお金のことやら、世間体だけに心を占めている私に、もう歌なんか、うまれやしないわ、と自嘲していました。

「露子さま、あなたの歌はすばらしい」

「もう一度、僕に聞かせてください」

松林を通りぬけ、ふたりは砂浜にやってきました。やわらかい砂に、私が足をとられよろめきました。

Tはとっさに露子の手を取りました。

男の手になかに露子の小さな白い手がありました。

「露さま、……」男は小さく叫んで女を抱きかかえました。見つめる目がうるんでいる。

海にしずもうとする陽が赤い。

ふたつの影がひとつになりました。

海べより寄するは浪の歌ならで狂ほしと書く人の音づれ
我れもまた心うつけし人のごと狂ひて君に寄るよしもがな

この歌は京に移ってからのものですが、狂おしいくらいあなたが好きだよ、と海辺から書いてよこしたのは、Tでした。私の心も動揺しました。いっそあたしも気がふれてしまって狂うように愛してよりかかりてみたかったわ、と私は男の文にこたえて歌いました。

私の四三歳から四九歳のころの恋でした。男は一五歳年下の青年歌人、情熱のありったけをぶっつけてくる男にどうして揺れ動かずにおられましょうか。

女は子を産み、育児と生活に追われ、気がついたら、四十の坂を下ろうとしています。私は鏡のなかの四十女を見つめてみます。はりつめていた乳房、豊かな黒髪はやがていろあせ、ひからびてゆくでしょう。老いという残酷なしうち。

女として私は充たされて生きてきたのでしょうか。

私の青春の恋人は遠つ国に去ってゆきました。

三八歳のころから、狂った夫の肌に触れてはいない私。

そう思うとTのパッションがせつなく胸をしめつけます。

ただ、Tが愛し焦がれたのは石上露子であったのです。

生身の私は杉山孝子、大地主杉山家の家政にあくせくする妻。

この恋は虚像、かげろうの恋、老いてゆく私、こわれてゆく恋よ。


やがて、私はTの恋文を焼き「別れ」の歌をうたいます。

　別れなんありのすさびと思ひなし何時《いつ》に何れが先と言はずて
　かりそめに数《かず》書き添へし草紙なり焼かんと云ひて人と別るる

旧家の人妻の恋は許されるはずがありません。

「すさび」とは「もてあそぶこと」「気まぐれ」なこころのこと、私の恋は、かりそめの、大人の恋の遊びだったのでしょうか。私の恋の絵巻の幕は下ろされました。

Tは善郎の卒業を待たずに大正一三年九月に堺中学校を去り、大阪市内の夕陽丘高等女学校に移ってゆきました。

昭和四年、Tは四月、夕陽丘高女一年生五二名の短歌集『昼の月』を選歌編集しています。熱心で誠実な教員でした。昭和四年四月まで夕陽丘女学校にいたことになります。その後、惜しまれながら、転任しています。夕陽丘高等女学校での在職は五年に満たなかったのです。堺中学校では三年と六カ月、どちらも短すぎます。私との恋のせいでは、とかんぐってしまいます。夕陽丘高女は創設以来短歌の指導に熱心な女学校でした。歌人であるTにとってはやりがいのある職場であったはずです。

創設期の夕陽丘高女は島之内女学校といいましたが、前田純孝《すみたか》という明星歌人が教頭として招聘されていました。晶子歌風を継ぐ新進気鋭の前田を与謝野寛さまも認めていましたが、結核に侵され三二歳の若さで故郷但馬の諸寄《もろよせ》に薄幸の人生を終えました。

Tは昭和一〇年代には作歌活動だけでなく、名歌編集もてがけています。

敗戦後ふるさと泉大津に帰り、新制中学校の校長を一〇年勤め、昭和三二年に退職しています。在任中昭和二八（一九五三）年、歌集『月下　同心草』を上梓しています。北海道旅行記、妻子の日常や教え子たち、自然など、繊細な写生風の歌が多く、人事をうたったものにはあのひとらしい温かい視線がうかがえるのです。

体を倒すと三千のシャツ輝きぬ鳴りひそまれば観衆の拍手（マスゲーム）
まだ立たぬ子の足うらのうつくしき指それぞれのまろきふくらみ

Tのふるさと、思い出の浜寺に続く白砂青松の浜はすっかり変貌してしまいましたが、穏やかな人生を送られたようです。私に贈られたTの短歌集二冊、いずれも「月」の名があります。Tは、若き日のまま清新のひとでした。まだ煤煙に汚れてない浜にあがる月のように。

善郎　チップ事件

大正一五（一九二六）年・昭和元年堺中学校を卒業した善郎は、第三高等学校は成績かなわず金沢の第四高等学校に入学しました。叔母山縣親子《ちかこ》の長男與一は、善郎よりも七歳年長ですが、京都大学に入学しています。一歳年下の親子には負けたくないわ、とつまらぬ意地とは思いますが、私はライバル意識をつのらせました。三年後、とうてい無理だとされていたのですが、東京帝国大学法学部を受験させ、失敗しました。そこで、昭和四年四月、神戸商業大学へ入学させました。商大時代、芦屋に屋敷を買いあたえました。子供にはずいぶん甘い母親でした。

大和五條の山縣家に嫁いだ叔母の親子は、男の子三人と女の子二人の母となっていましたが、子供の教育にはとても厳しかったようです。

私と親子は同じ杉山家の娘として一つ屋根の下に育っているのですが、私は総領娘として王者のごとくあつかわれ、親子は継祖母の子であり、遠慮がちに気をつかいながら育っていました。彼女の子育ての厳しさは、彼女の生い立ちのせいでしょうね。

私の子育て、溺愛と見られてもしかたがありません。私自身を抑えて生きねばならなかったから、私の人生の愛の代償として、ふたりの男の子は育てられたのです。

そんなとき事件は起こりました。

昭和五（一九三〇）年九月四日、大阪毎日新聞の七面（社会面）に三段見出しで次の記事が載りました。

五千圓のチップ
貰つた女給びつくり
∇…嘘のやうなカフエー珍談

善郎も女給も仮名になっていましたが、「青年は大阪府南河内郡富田林の百万長者で大地主、當時泉北郡濱寺諏訪の森の別荘に住む……神戸商業大學一年生……」という記事ですから杉山善郎であることは大明白。見つめる新聞の字がおどるようです。寝耳に水とはこのこと、女給ふぜいに五千円をやったって、私は激怒しました。頭に血がのぼるほどカッカしました。

浜寺に帰ってきた善郎に確かめました。

「善郎、おまえ新聞の記事見たかい。ほんとうかい。恥知らずのことをほんとにしたのかえ」

善郎はいつものおっとりした声で答えました。母親の殺気だった表情に気づいて言いました。

「お母さま、ごめんなさい。僕の貯金からしたことなんです。れい子、いえあの女が二人の弟の学資を出すのに苦労していると言うので、つい同情して……」

私の怒りはおさまりません。続いて善郎を問いつめるより、私の頭には、世間に知られては困る、なんとかせねば、と画策が走りだしました。

私はすぐ動きました。留守をまもっていた富田林の別家田口仙治郎を電話でよびだし、あの記事はでっち上げ、信用するな、その旨を町の人に周知徹底するよう指示をしました。大谷家、河澄家、山縣家、片山家などの親戚筋にも、父団郎の時代の知り合いの記者にまで、もみけそうとしました。

杉山家の家長の伝令は新聞の三面記事をしのいだのです。

昭和五（一九三〇）年といえば、世界恐慌の襲来によって、日本も最悪の不況の時代でありました。町には失業者があふれ、労働争議が頻発していました。富田林でも、板持村の「河内紡績分工場」の女工のストライキや大伴村の「西晒工場」の争議がありました。農村では米価が低落し、農業危機とか農業恐慌とかよばれ、農民は激しい窮状にあったのです。

善郎のチップ五千円の値打ちですが、昭和六年のサラリーマン世帯の平均月収は八六円四七銭、大都市近郊の土地つき一戸建ての住宅が一〇〇〇円から一五〇〇〇円で買えた時代ですから、学生の分際で大金をはたいたのは、大盤ふるまいもいいとこです。

当然富田林の人々もこの記事を知り、怒りと驚きをかくしませんでした。後日九月二一日の「サンデー毎日」の記事は、富田林で武田という青年会長が、青年会館七〇坪の敷地賃貸料をなおざりにせぬ杉山家が、五千円もと、しきりに嘆いていたという話を伝えています。

堂島次郎という筆名の記者が、九月九日諏訪森の杉山別邸にやってきました。

この日より前に、記者は善郎に会い、善郎はチップ事件をあっさり認めていたようです。「サンデー毎日」の対談記事には、すずしそうな表情の善郎の写真がそえられています。素直に認めた善郎に、記者は好感を持ったらしい。「明朗」な青年と記しています。苦渋や後悔やうしろ暗さのない、人の好いノーテンキなぼんぼん!

私は、松の葉越しに夕陽が赤く染めていた部屋で、堂島記者と対座しました。

すこしも動じてはなりません。

「女給?（さもにがく〵しげに）全く存じませんことですわ。それに善郎はそんなつまらないことをいたす子供ぢやございませんの。私の口からかう申してはお笑ひになりませうけれど、あんな間ちがひの新聞記事には、私共母子相互の信認に変りはございませんわ」

さらに、さまざまな証拠で追及する記者に、

「全く存じません。とんだ迷惑です」と表情ひとつ変えずに居直りました。杉山家の母親ですも

の、ここでふんばらねば、と心しました。

このインタビュー記事に添えられた私の写真を後で見ました。

単衣のかすりをきっちり着こなし、地味なひっつめ髪、一文字にむすばれた口もとの、意志の強さ、強情さ。中年の女性特有のあごの肉づきの良さ。堂々とした女将《おかみ》風の顔つき、杉山家を守ろうとする大地主の顔にまちがいない私の顔です。

四九歳の私。あの若いころの苦悩にみちた清楚な面持ちはありません。充たされぬ女の憂いもありません。過去の私をふりきろうとする、傲慢とさえ見える中年女の面相なのでした。

さて私のもうひとりの掌中の珠、次男好彦の成長のお話です。

好彦は浜寺小学校時代から秀才ぶりが目立っていました。一年に入学早々、級長として旗をふっていた姿を、四歳年上の大谷嘉子はあざやかに記憶しています。

好彦は昭和二（一九二七）年三月、浜小二四期生二一二名の一人として卒業しました。二年前、東宮殿下御成婚記念事業として建てられた、三階建ての白亜の洋風建築の講堂での卒業式でした。

四月には、今宮中学校に入学。毎朝あのしゃれたステンドグラスの南海鉄道、諏訪ノ森駅から難波行に乗り、三〇分ほどで今宮駅で下車。学校は、縁日には大阪商人でにぎわう今宮えびすに近く、大阪ミナミの庶民的な街なかにあります。

明治三九（一九〇六）年開校の今宮中学校は、北の北野、南の今宮と大阪では進学名門校です。当時のたいていの中学校の校風と同様、〝誠実剛毅〟を校訓とする学校です。

ここ名門中学校でも秀才の誉れ高く、四修（五年卒業が普通）で卒業して、昭和六年第三高等学校に入学します。

同窓に昆布の老舗「小倉屋山本」の山本利助さんや吉本興業社長となった八田竹男さんがいます。ふたりとも好彦同様、四修の秀才仲間でした。この三人は仲良しで、杉山家と山本家は家族ぐるみのつきあいがありました。山本利助さんの妹は、後、毎日新聞社の記者になった山崎豊子さんです。

私にとって、諏訪森での一二年は、子供の教育に力をそそぐとともに、精神を病んで引退した夫に代わって、家長とし家政を立て直す年月でした。長三郎が小作地所有を三分の一、二〇町歩まで減らした大正九年以来、私みずからが証券の売買などになれ親しみました。自分でも意外でしたが、現実的な才覚にたけていたのでしょうか。昭和九年ころには、別家の者の努力もあり、小作地を三分の二、四四町歩にとりもどしたのです。

かつて蝶よ花よと詠った歌人が、株屋相手に売り買いの算段をするという地主杉山家の立て直しをはかる家長として生きた時代です。

京都で親子三人の生活へ

昭和六（一九三一）年、私五〇歳。善郎は京都大学、好彦は第三高等学校へ入学しました。

母親の私はうれしかったです、得意でした。さっそく東京の与謝野晶子さまに手紙を出しました。むろんふたりの息子のことをしっかり書きました。幼少時からの教育ママの苦労が実ったわけですもの。

さてっと、ふたりは京に下宿させよう。いえ、善郎のあのいやなチップ事件を今もありありと思い出します。子供たちのことまだまだ心配だわ、そうだ、この際私も京についていこう。

善郎二二歳、好彦一七歳、いい歳をした青年ですが、母にとってはいつまでも子供ですもの。私が面倒みなきゃ、悪い女の誘惑もあるでしょう、私がしっかり監督しなくちゃあ。そう思いまして早々、四月五日に上京区の上賀茂神社近くに親子三人移り住みました。秋には左京区浄土寺にいい借家がみつかりましたので、そこに移りました。諏訪森の別邸はそのままです。杉山家で世話をしていた叔母ノブの遺児ヨシエの夫で、京都府庁につとめていた岡田正之助が紹介してくれました。銀閣寺ちかくの山裾の閑静な住宅街の一軒家で、ふたりの子の通う学舎に近いところです。

ここで、新聞広告でまかない家事をしてくれる「はしため」を雇いました。朴訥な働き者の山根カヨは、その後浜寺や富田林にも私に同行してくれ、私を支えてくれました。

私の心はうれしく波立ちました。京への移転は私のためでもあったのです。結婚して二三年、私は杉山孝子として生きてきました。杉山家の後継者を産み、優秀な学徒に育てあげました。夫にかわって家の財もとりもどしました。

「忍従の二十三年、かくてこの二十三年にうつ終止符」なのです。

若き日、鈴木鼓村さまも葵祭にお誘いくださった京。
東山大谷廟に眠っておられるお父さまにもお会いできる京。
歌も詠みたい、石上露子に還れる京。
私の胸はときめいてほんのり上気しました。
こうして三年八カ月の京都時代。与謝野夫妻の『冬柏《とうはく》』に参加し二五七首詠いました。

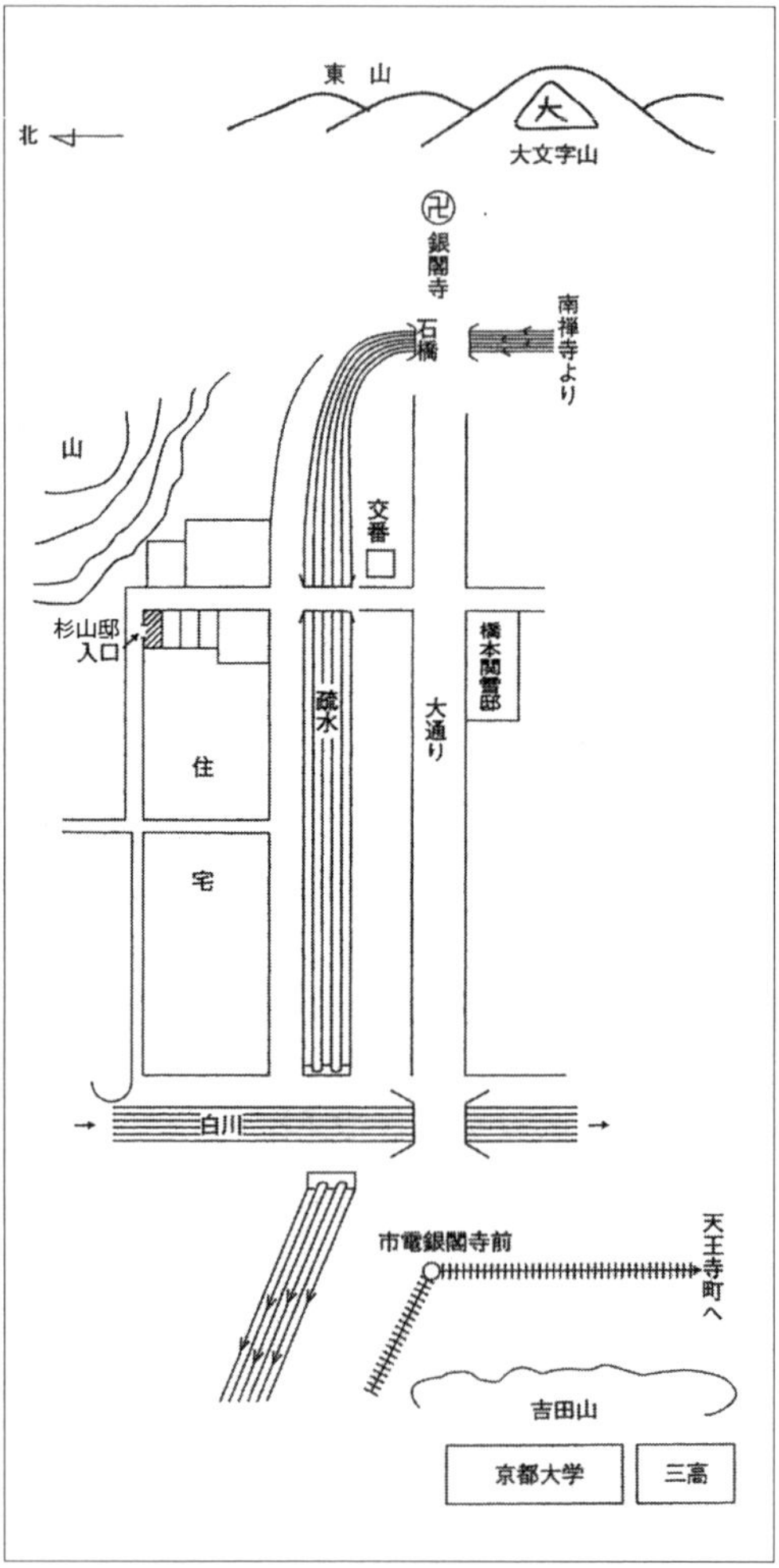

京都・杉山邸付近の略地図
（松本和男氏『石上露子研究』第９輯より）

京大に入学してすぐ、北京から中国東北部、奉天・ハルピンを旅行している善郎から、賀茂板倉に住む私に機嫌のいいはがきが届きました。

「善郎には苦労するよ」とカヨに話しかけました。

「今度は尼崎のダンサーと一緒に旅しているなんて」

善郎は京が気に入り、南座の歌舞伎にも通います。

三高に通学する好彦も、未成年の三高の一年生時代に、ダンスホールに通い、木屋町の高級バーへ同級生を連れてゆき、友人を驚かせていました。

好彦は馬術部や山岳部に所属するスポーツマン、小柄ですが運動神経は抜群、若々しい肉体がはずみます。私は詠いました。

小屋に寝て山の夜明のすがしさに我子の若き胸も躍らん
わが子らが乗馬の靴を今穿くか目覚むる窓に口笛のする

子供たちに手がかからなくなった私は、お習字やお煎茶のお稽古に通うことにしました。お茶会にも招かれ、風流な茶室、掛け軸、茶道具を味わい、上流夫人たちとおつきあいし、静かな古都の時間がながれてゆきます。

富田林から送られてくる生活費でぜいたくな趣味を楽しんでいました。つぎ色紙のつづれ帯を西陣に織らせたことや、蝶とじの草紙を鳩居堂にととのえさせたこともありました。

何の苦悩もない有閑なマダムであるはずなのに、私は、むなしくてにがい顔をしていたようです。大和五條の親子に出す手紙には「私、もう長く生きられないわ。子供たちが、学業を終えるまで命があるかしら」と泣きにつらなる言葉を連ねていました。

『冬柏』に入り歌人として

私は、結婚と同時に「新詩社」をやめ『明星』に歌を発表しなくなっていましたが、与謝野晶子さまとは、時おり文を交わしていました。晶子さまとは、明治三八年赤十字社総会出席の折に、「新詩社」を訪問しお会いしたきりです。黄菊白菊を束ねてやってきた私の姿を晶子さまは覚えていました。次々と歌集や評論等を出版される晶子さまの華々しい文筆活動を、そっとまばゆい思いで眺めていました。

明治四四年には、長男を得て幸せな家庭人として生きていることを手紙にしたためていました。昭和四年、与謝野寛・晶子夫妻が第二次『明星』を終刊し、新しい雑誌を興す計画をしているとの新聞報道を目にしましたので、刊行資金の一部にと、為替同封の手紙を書きました。三月五日付の晶子さまの返書には、財政援助の礼状とともに、私に歌作および歌集出版をすすめてくださっています。

その手紙には「人生は短く、思ひしよりは寂しきものに候へども、せめて詩歌の上に長く生度候」と歌人晶子さまの心境が書きそえられていましたが、このおコトバは歌を忘れた私のこころに強くひびきました。

昭和六年京に居を定めてすぐ、息子たちの入学を報告しましたが、むろん資金カンパもいたしました。晶子さまは「お歌をお見せくださるやうに……紙の記録を御心がけ下さることを御勧め致します」と六月一〇日付のお返事で書いてくださっています。

京都に行ったらもいちど歌をうたおう、石上露子にもどろう、そう決めて京にやってきたのですが、このような晶子さまの手紙が背をおし、私の歌への復帰を決意させました。

昭和五年三月に文芸誌『冬柏』が与謝野夫妻によって創刊されていました。

私が『冬柏』に一九首を初めて投稿し掲載されたのは昭和六年・第二巻第九号です。

昭和八年一二月一三日付の晶子さまの書簡、いつものようにカンパの礼とともに末尾に書かれたのは私の歌への称賛でした。

「あなた様のお歌、天質として優婉なる上に、古典の味あり、御実感に根ざしながら露骨ならず、尤も目にたちて特色を持ちたまひ候。何卒沢山に、いみじき御作を後の世にも御留め下されたく候」ありがたいことです。

晶子さまと会ったのは生涯でたった一度だけ。おたがいに知り合いおたがいの理解者なのに、残念なことです。自我の命ずるままに、愛する男に奔り故郷と家を捨てられた晶子さま、その激情を誇らしく歌いあげた歌集『みだれ髪』は若い男女の心を撃ちました。一方、恋と歌をあきらめ、みずから批判したはずの家制度のなかに入っていった私。国威楊々たる日露戦争のときには、ともに反戦の歌や詩をうたった私たちなのですが、ふたりの対照的な人生は、どうしてなのでしょうか。海に開かれた自由都市堺の商家の娘と、山と川に囲まれた閉塞的な地、富田林の大地主の総領娘との違いなのでしょうか。堺と富田林は丘陵を隔てて隣接する、中世以来、いえ古代から交流の地でありましたが。

晶子さまの夫、与謝野寛さまとは、京都時代、二度お会いしています。昭和六年一一月九日、寛さまが岩国からの帰路、近畿在住の「冬柏」同人を集め、鞍馬寺の信楽管主のおせわで歌会がありました。

二十とせの後に師を見て涙落つ低き調べは咎め給はじ
月かげもささぬ鞍馬のつづら折れいかなる京へ更に往《い》ぬらん

『明星』でご指導いただいたころから二〇年ぶりの師でございました。ひさしぶりの歌はつたないものですが、御咎めなさいませんようにとの思いでした。燃えるような紅葉の鞍馬山、熱気ある同人たちの集いでしたが、夜、座を退きつづら折りの坂を下りて、せつない思いで銀閣寺の家に帰ってゆきました。

座のなかに同じ南河内の長野からやってきた中谷《なかや》善次《ぜんじ》さんと初めてお目にかかりました。寡黙で実直そうな青年は、与謝野寛さまの愛弟子でした。善次さんは、後に私の印象を次のように記しています。「五十才を一つ越して口数少く控へ目に、如何にも品高く古風に瓏長けた人であった」と。このとき私は五一歳、善次さんは三〇歳の青年でした。

与謝野寛さまとは二年後、昭和九年三月八日に京都の石清水神社に同人たちとお迎えしました。同人のひとり、丹羽安喜子さんと記念写真におさまっています。このころの私、ふっくらとした童女のような顔をしています。

恋人長田正平の死

京の銀閣寺近くの住まいは快適でした。疎水が流れ、大文字山麓の閑静な住宅地の、二階建て一戸建ての借家が私ども母子の住まいでした。狭い下宿生活の息子たちの学友が家に遊びにきて、その高級さに驚いた様子です。二階の洋間は子供たちの部屋でしゃれたベランダもありました。働き者のカヨは狭い庭に季節の花の鉢を絶やしませんでした。

京にきて、私は忍んできた恋人長田正平への想いを詠うようになりました。田地を売り家を傾け、精神を病んでこころのかよわなくなった夫との別居生活や、富田林と離れて家長としての責務からの解放感が、私の内にひそんでいた魂をあらわにしたのでしょうか。三〇年も前にわかれた男への恋心に綿々としているなんて、五〇歳にもなった老女の私が。

抑えていた恋の焔は消えるものではありません。

我恋の焔に変る世のあれと護摩の薪《たきぎ》を胸に抱くかな

『冬柏』誌上に、せつない恋心のあふれるまま詠いました。まあいい歳していやらしいなどとおっしゃらないでください。真実のこころを歌うしかありません。

このゆふべ京の少女に立ちまじり行けどまぎれず己が悲しみ
ありし日の物に挿める一ひらの真白き花の清き思出

夕べ京の町を歩き若々しい少女の中にいても、私の悲しみはまぎれません。あのひとのくれた真白い押し花を見ては、紀州を旅した思い出にひたります。

歌も身も君をも捨てし日の後のよわきをみなの衰へを見よ

でも現実にかえりますと歌も私自身も恋人もすべてを捨ててすっかり老いさらばえた私なのです。

昭和六年、疎水のほとりの紅葉があざやかな日の午後です。鈴木悦という人からの便りが富田林を巡って私の手元に届きました。

長田正平の死を告げるものでした。正平さんは死んでいたのです。一年前に、カナダ・バンクーバーの一室の固いベッドで。五一歳の生涯でした。

昭和五（一九三〇）年、三月一四日朝八時、咽喉ガンのために。

頭の中が真っ白になりました。手紙を握りしめたまま、表に飛び出し疎水べりまで走りだしました。涙がとめどなく流れだしました。

「あのひとがいなくなったって、うそでしょ」と叫びながら泣きました。

美しき秋の疎水《そすゐ》をさし覗き泣けば狂ふと人の見るらん
いつしかとかぐろき衣《きぬ》の身にふさふ人ともなりて洛外に住む

生きていれば、また逢う日もありましょう、そうなぐさみて生きてきましたのに。

正平さんの死を知って、彼への想いは、ますます私の心を占めるようになったのです。ますます激しく、ますますせつなく。日にちぐすり、と言ってどんなつらいことをも時が忘れさせてくれる、と言われていますが、私は黒い喪の衣を身につけて生きてゆくしかありません。

『冬柏』所載の私の歌は長田正平への鎮魂の歌、挽歌であった、という方もいるとのことですが、たしかに私の歌の多くは、長田正平という恋しきひとへの悲しい恋歌で占められています。

思ひ寝の夢にも見えず現《うつつ》にもほのかに別れ年をこそ経《ふ》れ
恋しさに思ひ乱るる夕ぐれを侘びて歌へば紅梅の散る
如何にして如何なるはてに我住まば人の思ひの消えぬべき世ぞ

もう夢にもあのひとはお見えにならない、遠くなった別れの日のことも、夢かうつつか、ほのかに思いうかべるばかりです。いったいどんなふうに暮らせば、あのひとのことを忘れられましょうか。

鈴木悦氏の手紙には、長田正平のカナダでの活動を詳しく書かれていました。

正平さんは明治三六年の秋に私とわかれ、カナダ・バンクーバーの田村商会へ赴任してゆきましたが、その三年後には「加奈陀新報」に転職し、そして八カ月後には記者として「大陸日報」の創設にかかわっていました。もともと短歌・俳句や評論などの文学に秀でていた人なので、カナダで文筆に生きる覚悟であったのです。

当時八千人ほどのカナダに居住する日本人を読者とする新聞記者として、日本の文化のみならず、欧米の演劇や文学にも通じた彼の彩筆は、評判だったというのです。

食うために新天地をもとめた貧しい人々、故国にうけいれられない人や自由な学問や思想を学ぼうとした人たちの移民の一人として、バンクーバーで、充実した人生を送られたのでしょう。日本人移民の排斥の動きもあったようで、苦難の日々もあったと思います彼の残した著作に『加奈陀《カナダ》の魔窟《まくつ》』があります。だまされてカナダで醜業を強いられている哀れな日本の女たちと白粉くさい金で懐中をこやしている業者を赤裸々にルポし、同胞の恥辱であると鋭く告発しました。正平さんらしい正義感だなと思いました。

遂に世の幸を受くべき時もなしわれ漂流の身となりそめぬ

私への手紙にあった歌です。高等商業学校出のエリートとしての日本での将来を捨て、母を追いやった非人間的な旧家を捨て、漂流の人生の身となった、という歌意です。結ばれなかった私との恋への絶望もうかがえます。

しかし異国で、一本のペンをもって、苦難に挑み打開する精神は、楽しくもあったのだ、と私には思えました。

鈴木悦氏は、一九一八年にバンクーバーに渡り、以後六年間「大陸日報」の記者として、正平さんと同席しました。彼は、一九二〇年に、カナダに初めての日本人労働組合を結成した人として知られています。

鈴木悦氏を追って恋人田村俊子（のち女流作家となった人）が来るのを、正平さんが同情して下宿など世話したそうです。鈴木も田村も既婚者、駆け落ち組も受け入れた街バンクーバーに、いっそ私を奪うように連れていってくだされればよかったのに、と私は過ぎ去った夢を追いました。

鈴木氏を心から信頼していたのでしょう。正平さんは鈴木氏に「青年時代の初恋に一生を殉じ通した」とうちあけていました。独身を通した、彼の居室の机の上に私の写真が飾られていたというのです。

君待たん園は春なり花蔭に来ませ此の世の面変りせで
うたゝねに夢に見るひとをいかにして忘れんとしてわすれ得ぬわがこひ

この二首も正平さんの歌です。

ああ正平さんは私のこと、ずっと想っていてくださっていたのです。若き日のいちばんきれいだった私を、あの世で待っていてくださるのです。

一帯にうすくれなゐに夕やけぬ高き家並みの遠方の空
神に近き愛に生きむと念ひつゝやゝに明るき心となりぬ

咽喉ガンにかかっていた正平さんは、その痛みと苦しみに耐えながら、最後まで記者として全うされました。最期の歌です。

バンクーバーの太平洋に沈む落日の荘厳さ、大空に広がるうす紅の夕焼けを眺めながら、その遠方の空に、私の面影をしのんでくださったのです。正平さんの私への愛は神に近き愛、私にそんな資格がありましょうか。

夫への自責の思い

京に来ても、私の心は晴れません。梅雨のころには、じっとりと盆地のむし暑さが身にこたえ、寝込む日がふえました。正平さんの死を知った衝撃もありました。かつての恋人への想いの裏側には、のっぺりと貼りつくような錘《おもり》があるのです。どす黒い錘、それは京の美しい風物を見ても消えることはなかったのです。母子三人の幸福を許さない、鋭い棘のように痛みを感じさせるのです。

のがれ来《こ》しきのふの家も憂き人もはた忘れかね我涙おつ
狂ふまで我れを憎める人ありて悲しけれども生甲斐を知る
ゆゆしくも夫子《せこ》にそむける名を負ひて住めば都も悲しかりけり

昭和七年、新年を迎えても、私は髪を束ねることも衣《きぬ》の香をたくこともする気になりませんでした。

「憂き人」、夫のことです。長三郎は大阪市内の借家にひとり住んでいます。精神を病んだ夫を捨てるようにして京に来た私。夫は私を憎んでいます。呪っています。狂うまでに。

世間の人は私を非難します。つめたい女だと言います。夫にそむいたいまいましい、不徳の妻だとうわさしています。

子供たちから父を奪った私。世間並の家族でおられなかった私。

春の山辺にさんざめく鳥たちも夫や妻と鳴き交わしていますのに。

和泉式部・浮舟

秋に染む山と時雨るる窓の灯に歎くも三とせ京に住みつつ

京での三年八カ月、春の花、夏の若葉、秋の紅葉そして冬の雪、に歓喜の歌を詠えなかった私。なにを見ても憂いをかきたてる病人のような明け暮れを過ごしました。気がむきますと人力車を駆けらせ、京の風流にひたろうとしました。嵯峨野の散り敷ける落ち葉、山の御寺の細殿、青蓮院の絵ふすま、水無瀬の宮、井出の玉川のうぐひす、等等。

うすぎぬの灯影《ほかげ》も春のひとり居も草子の人に似たる我れかな

家にこもりがちな私は、草子（古典の物語）の世界に入り込み、みずからを草子のヒロインにしたてるのが好きでした。京の逍遥は、露子の物語を生みだしました。
私は私の生を源氏物語の浮舟と和泉式部日記の和泉式部になぞらえました。

思ふかな宇治の巻なるかの君に似たる宿世《すくせ》とのこる命を

かの君とは宇治十帖のヒロイン浮舟のことです。浮舟はふたりの貴公子との愛欲のはざまで苦悩します。その果てに宇治川に身投げしようとし、死にきれずに出家します。私は京に来てすぐに宇治にでかけました。
宇治の山かげにひっそりと残る宇治上神社の本殿は、落魄《らくはく》した宇治の姫君の住む山荘を思わせました。篝の子（縁）には薫君や匂宮がいて、御簾の奥には三姉妹が琴や琵琶をつまびいています。私は源氏物語の世界に遊びます。宇治川の激しい勢いの流れを見つめていて、一瞬その流れに身を投じる幻惑にかられました。私も夫と恋人への想いでひきさかれそうです。

人知らぬ貴船《きぶね》の渓の奥の宮和泉式部に似て籠らまし

大文字山麓の家から出町柳にでて、貴船へは叡山電鉄で乗り換えなしで行けます。私は一人、和泉式部のように貴船を訪ねました。初夏の貴船はひいやりと寒いくらいです。貴船川の清流がさわさわと音をたてて流れています。夜、蛍が白い光を放って飛びかいます。平安時代、貴船の宮に参詣した和泉式部はうたっています。

ものおもへば沢のほたるもわが身よりあくがれいづるたまかとぞ見る

男に捨てられてものおもいにふけっている私の魂、沢に光っている蛍はさまよう私の恋心なのです、と。

『明星』で二三歳の石上露子は歌いました。

美しきさてはかよわきわが魂のあこがれすがた蛍とし見る

美しくかよわい私の魂がぬけだして、蛍になってさまようています、と。

京へやってきた露子五〇歳は蛍を歌いました。

わが魂《たま》も乱れ行けかし人遠き闇のかなたに消ゆる蛍火《ほたるび》

青白く乱舞する蛍よ、私の恋心も燃え尽きてゆけ、闇のかなたに。

二七年の歳月をとびこえて、私の蛍火、私の情念の火は燃えていたのです。何度も貴船にやってきて思い乱れ貴船の神に祈り、露子は和泉式部になったのです。

ゆめよりもはかなき世をばわれも見て和泉式部の寺訪《たづ》ね行く

私は知りました。愛しあった男たちとのはかない恋の終わりを。世、男と女の仲は無常、はかないものだ、と。恋多き女和泉式部もそうであったように。

時代を憂える

昭和八年の年が明けました。私はすねずみに白を重ねた初春の衣にさびしく袖をとおしました。何の悩みもない良家の奥様なのに、どうしてそんなに憂鬱なお顔なの、とたまに大和からやってきた叔母の親子はふしぎそうに言います。思えば思春期のころから、姉妹のように起居をともにしていた親子にも、恋人長田正平への思慕のことは言えませんでした。今も自己の内面を人にあらわにすることのない内向的な性格の私のままでしたから、親子も私のメランコリーが理解できませんでした。でも歌では、私の真実の心を表出しています。

昭和八年京に春がきました。私は歌いました。

君見ればわりなき世のみ歎かれて花咲きぬなど告ぐべくも無し
何すとて生きつつあるやつらき世をまたも花咲く蔭に思ひぬ

京の桜はあでやかでこころ躍ります。けれどもあなたを見ていましたら、どうしようもなく心配な世の中が歎かれて、花の便りもできないのです。二首目の歌では、はなやかに咲く花の下で、このつらい世を思うとどのように生きていったらいいのやら、と嘆息してしまいます、とそんな思いの歌です。

ここでは、恋歌で解するように、「世」とは男女の仲の意味だけではありません。

一九三〇年代の初め、日本にとっても京都にとっても、息子たちの通う三高、京大にとっても壮絶としかいいようのない時代であったのです。私たち母子が京にやってきた昭和六年には、寮の自由化を要求する三高のストライキがありました。

昭和八（一九三三）年には、大学の自治、学問の自由をかけた京都帝国大学の滝川事件が世をゆるがしていました。

一九三三年四月、その自由主義的な刑法学説が家族の道徳に反すると国家主義団体などから非難されていた滝川幸辰《ゆきとき》京大教授の著書が発売禁止とされ、五月二六日に、政府は滝川教授の休職処分を発令しました。法学部教授や学生たちの多くは支援し抗議しました。しかし抗議の運動は分裂させられ抑圧され、法学部の有能な教授らは多く官職免辞させられました。以後思想や学問の自由、大学の自治に対する攻撃は強まり、弾圧は熾烈になっていったのです。

この滝川事件は連日新聞のトップニュースでした。

私たち一家の住むあたりから、シュプレヒコールやデモなのでしょうか、騒然とした空気が伝わってきました。

善郎に聞いてみますと、指導教官鳥賀陽然良《うがやしかよし》教授は分裂に組した残留教授とのこと、善郎もこの事件の抗議の輪に加わらないノンポリ学生でした。

母よ唯だ黙《もだ》せと云ひぬあはれにも堪ふる涙のいとど落つらん

「あんたたち、学問には自由が大切です。国が介入してくるのをほおっておいていいものなのかえ」

私は日露戦争のとき、戦争遂行の風潮を拒否した私のゆらぐ気持ちを思い出していました。

「お母さまは黙っていれば、いいんですよ」

と冷たくつきはなす息子たちを、さびしく思い涙する私なのです。

時代は動いていました。残念ながら、多くの人を恐怖と奈落の底へと。

二年前の一九三一年、陸軍関東軍は、中国満州柳条湖で南満州鉄道を爆破し、大陸への侵略行動に突入していきました。新聞の多くは、その勝利を華々しく書きたて戦意を高揚させる世論をつくりあげました。一方それに批判し反対する自由主義者、社会主義者などの人々への弾圧の嵐がふきあれました。文学の世界にもです。

結婚以来、世の動きに三猿のように目をふさいできた私でしたが、京の家は、おしよせる時代の波濤をひしひしと感じざるをえない場にありました。花をめでる歌人は、時代を憂い、暗澹たる思いにかられてしまいます。

先に登山や乗馬にはつらつといそしむ次男好彦を詠いましたが、昭和八年には次のように詠いました。

さりともと思ふのみにも泣かれぬる如何がは子らの生きん後の世
放ちやる路の千隅《ちくま》の如何ならん子らは子らにて行けと祈れど

これから息子たちは世に出てゆきますが、いいことばかりではないでしょう、どうなるのでしょう。社会の隅々にはおそろしいことが潜んでいるかもしれません。子供は子供の人生を歩めばいい、親の私はただ祈ることしかできませんが。

母である私の不安と恐れは何なのでしょうか。日露戦争時は銃後の女たちの悲惨さを見つめうたった私です。今母の耳に軍靴の音が響いてくる、男の子が徴兵される時代がくる、その不安を男の子の母である私は感じるのです。

夫長三郎の隠居届

昭和九年三月、長男善郎は京大を卒業しました。

四月には次男好彦は東大経済学部へ入学。

もう京に住み続ける理由はなくなりました。私は五三歳、子供たちをエリートとして立派に育てあげたというのにすぐに浜寺に帰る気持ちになれませんでした。浜寺に帰るまえに解決しなければならないことがありました。長三郎と別居して以来、ずっと私のこころにひっかかっていたことです。家長杉山孝子の決断でした。

孝子が総領娘であろうと、団郎の愛し娘であろうと、明治の民法では女子に相続権はなく、婿を取った時点で夫長三郎の相続となっています。南河内一円を領する広大な小作地も、山林も宅地も、杉山家の膨大な財すべては、夫のものになる、あの杉山家の財産を傾け、精神を病んだ男のものになる、私にはガマンのならないことでした。既に夫婦らしい愛も未練もありません。

京大法学部を卒業し大学院へ入学していた善郎の二五歳になったのを待ちうけて、私は実行しました。長三郎を隠居させ、善郎を相続人としよう。長三郎は五六歳、隠居できる六〇歳までまだ四年ありますが、それを待つわけにはゆきません。

私はなぜか急がれました。まかせていた富田林の別家田口仙治郎と連絡をとり、書類作成を急ぎました。大阪市天王寺区松が鼻町に住んでいた長三郎のかかりつけの医師藤澤清に診断書を依頼しました。病名は「脳神経衰弱症」、医師は病の状況を述べ、「到底家事ノ監督出來得ザル者ト推定ス」と書きました。

隠居届と必要な書類、診断書、近親者同意書、善郎の承認書などぬかりなく着々ととりそろえました。

長三郎は、この話を聞き驚き、怒り狂いました。

「俺は病人やない。隠居なんか、勝手に決めやがって」とどなる始末。しまいには、泣き叫び、「せめて六十になるまで待っとくれ」と頭を畳にこすりつけて哀願するのです。

結局、富田林とはなれ、実務にもかかわってない弱点をつきつけられ、応援する者はひとりもなく、別家や縁者に説得されてしまいました。

妻である私は冷たく見放すだけでした。私の蒼白な顔、般若のような顔、地主の顔だったのでしょう。万全の準備のもと、隠居させることができました。

こうして昭和九（一九三四）年一〇月、四四町の小作地とすべての財産――七三〇坪の敷地・住宅二棟・倉庫五棟・納屋二棟・証券等――は、長男善郎にひきつがれました。


一二月私と善郎は浜寺に帰りました。

住みはてん方《かた》だに無くて津の国へ和泉の浜へまた帰りゆく
我がくるま人のいづこと問はんには落葉の国と告げて遣れかし

子供たちを希望どおり育てあげ、夫の手から杉山家の財を奪い返しました。すべて私の思うとおり成就したのに、浜寺に帰る私は、しおしおとさびしい背をみせて、都落ちする姿なのでした。

ゆきかづく異形の木どもよりそひてあはれにたちぬまどのゆふぐれ

『冬柏』の最後に歌った私の歌です。詩人はみずからの未来を予感し歌う、と言われますが、窓のそとにあるのは、雪をかぶってモンスターのような木々、凍り付くシュールな世界、私の波乱にみちた世界がすぐそこに来ていました。

鳥人好彦の活躍

幼少のころから俊英ぶりを発揮していた次男好彦は、私の期待通り、昭和九（一九三四）年東京帝国大学経済学部に入学しました。さっそく学生航空研究会に入会し、学業よりはこちらに熱中していました。

東京での生活は、大金持ちのぜいたく三昧のお坊ちゃま然。住むところは、名だたる高級アパート、高級ホテル、学校や飛行訓練を終えると、背広をバリッと着こなし、フォードのロードスターやエセックスの高級外車を駆って、帝国ホテルや高級バーにくりだす。写真機はライカやローライコードなど、すべて高級趣味。端麗な容姿の好男子は著名な若き女優と浮名を流すという徹底ぶり。母の私は請われるまま惜しみなく金をあたえました。

こんなリッチな学生生活を通常より四年長く七年間も過ごしました。富国強兵、国民皆兵のスローガンのもとに兵役がすべての男子の義務でしたが、一七歳以上、二六歳以下の学生に対しては、徴兵猶予の措置がありました。「大学に入ったら何年いてもいいです」と私は好彦に言いましたのは、やがてふりかかる兵役のことが頭の隅っこにあったからです。

好彦の豪遊生活を支えていたのは、小作料の収入です。石川の氾濫に苦労したり、山地に点在する小作地にへばりついて汗を流し、血の出るようなきつい労働から生み出されることを私は知っていました。貧農へのあわれみ、小作制度への疑問、有閑階層の欺瞞のほどこし等々、若き日の私は義憤し、私なりの行動をしていました。

気前よく、二人の娘に散財した浪費家の父の血なのでしょうか、私は自分の子供しか見えない愚かな母親になっていました。なんという堕落か、と眉をひそめてしまわれそうです。

賢明な親なら、いかに有産階級であろうと、子を金銭のおもちゃにしないでしょう。現に、金持ちの好彦の友人たちは学問に要る以外の仕送りがないので、好彦に借金をしています。

一九三七年七月、日中は盧溝橋で武力衝突し、戦火は中国中部にも広がり、日本は次々中国に大軍をおくり、戦線は拡大してゆきました。

日中戦争の勃発以後、軍国主義ないし国家主義しか認めようとしない思想統制が大手をふり始めました。東京帝国大学でも、戦争遂行を阻害する危険思想としてマルクス主義や自由主義の東大経済学部の教授に対して、弾圧の嵐がふきあれていました。

好彦の関心は政治や学業になく、もっぱら飛行機操縦に熱中し、めきめき腕をあげていました。パイロットは時代の先端をゆく花形業種でした。飛行機の傍らで、日焼けした顔でにっこり満面の笑みをたたえている清新溌剌とした好彦の青春でした。

昭和一二（一九三七）年には、学生の身分でありながらも、従軍し北支（一九三二年には、日本は満州国を成立させていました）の空を飛びました。一〇月一六日の大阪朝日新聞は、五段見出しで大きく報じました。

若鷹の願望叶ひ
　學徒鳥人・晴の征途へ
　　〝學生空聯〟　五勇士に従軍許可
　　　勇躍目ざす北支の空

好彦ら五勇士は、陸軍省の嘱託として北京郊外の南苑・石家荘・太原攻略戦の実戦に参加しました。帰国後、熱狂的に歓迎されています。

昭和一四年には、第六回全日本学生航空選手権大会で曲技飛行第一部で優勝する等、数々の競技で好成績をあげています。

　とべる子のつばさつらぬく玉ならで母がまどべを打ちうつあられ

私は誇らしい勇者の母ですが、ただ飛行の安全を願うばかりでした。

善郎の死

私と善郎は、京をひきはらい浜寺諏訪森の別邸にもどっていましたが、国道二六号線建設の工事にひっかかり、昭和一〇年に新たな新居に移りました。浜寺公園や浜寺海岸から一キロ足らずの静かな住宅地に五〇〇坪の土地をもとめ、家は好彦が設計しました。その機能性と芸術性ゆえに有名な建築家ル・コルビュジエの設計にならった白亜の鉄筋コンクリート三階建てのモダンな別邸でした。真っ白の洋館と紺の縁取りの窓は、高級住宅街のなかでもひときわ目立つ殿堂でした。晴れた日には、二、三階から淡路島はもとより、四国まで見渡せる眺望絶景の地でした。私は南面の芝生の広々とした庭に、とりどりのバラを植えました。

私は五四歳、まずまずは安泰な生活、いそいそと一階の和室におさまりました。

大学院生となっていた善郎は毎日京都大学に通うでなし、のんびりと三階の自室で松林の向こうからの海風をあびながら、株の運用などに精出したりしていました。彼は株に強く、杉山家の株をうまく売買してかなりの額を手にしていました。それは新居の建築費の一部になり、東京の好彦にも送ってやったりしていました。

善郎は、ときどき疲れをみせます、咳もするのです。近くの医者に見せると、結核かもしれないと阪大病院を紹介されました。転居の翌年昭和一一年春のことでした。私は驚きました。まさか、空気のよいこの地で、これといった過労もしないし。けれども病院の医師は冷酷にも病名を告げたのです。結核、当時は不治の病です。私は絶望的な気分になりました。忍び寄る時代の不安、そして杉山家を襲う不条理が私の小さな背にのしかかってきたのです。

阪大病院に入院して治療をうけました。大学には昭和一二年九月に退学届を出しました。三年前に、杉山家の当主となったばかり、なんとか助かってほしい、私は祈るような気持ちでした。善郎は祖父団郎ゆずりの温和な夫子然とした当主として、富田林でも期待されていたのです。

しかし日に日にやせて、食欲は落ちてゆきました。私はその悲しみを詠うことさえできません。浜寺はあったかく、潮風は療養に良いからと、医者は自宅療養をすすめました。もう回復は期待できません。昭和一四（一九三九）年、善郎は隠居届を出し、分家していた好彦を、兄の養子とし家督を相続させました。悲しみのただなかでしたが、私は杉山家を守るためにそつなく手続きをしました。

昭和一六（一九四一）年、好彦は七年かかって東大を卒業しました。この年一二月、真珠湾攻撃に始まり、日中戦争はアメリカとの戦争に拡大してゆきました。

一二月一七日、ついに善郎は帰らぬ人となってしまいました。三二歳、いまだ娶らないさびしい人生でした。

あられ降る寒々とした日でした。奇しくも私の結婚の日、喪の日。身も心も凍るようでした。善郎のなきがらとともに富田林の杉山家に足を踏み入れた瞬間、私は気をうしない倒れてしまいました。

あられふる師走のこの日吾子をさへうばひてゆきぬ何と云ふ鬼
いとけなき日のごと母の胸ふかうかへり住む子となりにけるかな

好彦の従軍

昭和一六年、好彦は東大卒業とともに、陸軍飛行学校に入隊し、一年間浜松の飛行連隊で訓練し、卒業と同時に陸軍少尉に任官、一九年には陸軍中尉に進級しています。名実ともに軍人になったわけで、私の心配も増えました。昭和一八年の雨の神宮球場での学徒出陣の行進をご存じでしょうか、学業途上の若者にも戦場に征かせるという時代でした。若者には、兵士となる道しかなかった時代でした。

好彦少尉は、満州での重爆撃機隊で活動しましたが、中国から東南アジアへと南進政策に伴い、一七年ころ、ジャワに転じ、南方各地を飛びまわりました。主として前線と内地間の連絡や物資の補給にあたりました。

　つらねゆくつばさも波もかゞやきて朝日さしいづる海原の上

　好彦はジャワから、勇ましい絵はがきをよこしました。心配性の母ですが、この歌は明るくて、日本軍の進攻の晴れやかさをうたっています。私はそのとき華々しく活躍する軍人のほこらしい軍国の母でした。

　昭和一六（一九四二）年一二月の日本軍による真珠湾攻撃後、大東亜共栄圏の御旗の下、マレー半島、シンガポール、フィリピン、インドシナ等東南アジア全域を侵略支配しました。しかし昭和一七年六月のミッドウェイ海戦の敗北後、アメリカの反撃に圧倒されてきました。

　いのちにも玉にもまさるひとり子を国にさゝげてとし暮れむとす
　故さとの母なゝげきそゆめさめて椰子の葉もれの星ゆらぐ夜も
　みむなみの涯のさきもりかへる日をまたぬになれて母は老いゆく

　昭和一八年の歌です。

　軍国の母であるより、私はたったひとりの息子の無事を祈る母でした。

　好彦は、椰子の葉もれから星のゆらぐ美しい南の国から「お母さん、心配しないで」と絵はがきをおくってくれました。日々の新聞、大本営発表は景気よい進軍ラッパに脚色されていますが、母は戦局が窮地に立たされているのを見逃しはしませんでした。

富田林の家の酒蔵の千貫の鉄も、大屋根のとゆも妻戸のくろがねさえ供出されてゆく、勝利どころか、敗北の鐘が聞こえます。たったひとりの息子、いのちよりも宝玉よりも大事な大事な息子。私の黒髪も白いものが目につくようになりました。

昭和一八年、私は還暦を過ぎ六二歳になっていました。

昭和一八年三月、好彦は陸軍航空本部付けとなり、ジャワより東京に帰還しました。日本各地や台湾の航空兵の指導にあたる仕事につきました。

好彦の結婚

昭和一九年九月、私に一通の手紙が来ました。東京在住の親戚、山口貞夫・より子夫妻からでした。

「御子息好彦君の結婚をお世話いたすことになりました。相手は紀州の旧家のお嬢さんです。ふたりは気に入って交際しておられます。好彦君はいつまでも東京に勤務しておられるとはかぎりません。勝手ながら結婚式をいそぎました。九月一七日、山王ホテルです。時節柄華美な式はさけたいと思われます。ついてはお母上もご承認下され、上京され、ふたりの式典をお祝いくださりますよう願います」

私は驚き、激怒しました。上京前後の数日で一気に作歌しました。山口夫妻へのうらみつらみの三八首です。

真玉にも替えじといつくひとり子をいかゞせよとかふるしぐれの日
いつの日かみ祖のまへに涙してゆるされぬべき罪業ぞこれ
あはれなるいもせの道よ母だにもほぐすべしらずたゞ涙して

私の怒りは抑えきれません。相手の女性の出自はそうとうなもの、幸前《こうぜん》ゆき子、二一歳、和歌山県海草郡加太町大字加太一二四五番地、幸前家は加太地区で一、二を競う旧家、父は東大卒で、逓信省勤務、海外生活も長く、ゆき子は、ほとんど東京で育つ、美人で頭もよく、明るい人柄、来客にお茶を淹れるときにも、朗らかに西洋の歌をくちずさんでいるような女性、と、私に知らせてきました。

そもそも媒酌人が、杉山家当主の私になんの相談もなしに、勝手にことをはこんだのが気にくわない、大杉山家の後継者の結婚という一大事に、私をないがしろにして。地主の実質の長として耐えられない、傷つけられずたずたになった私のプライド。

もうひとりの私は小さくささやく。好彦は母とは違う人生を進もうとしている。若いふたりを認め祝福してやればいいのに。あんなに家の重圧に苦しんだ私なのに、息子にも同じ家の桎梏をもとめるなんて、もっと自由にさせてやればいいのに。

私は小さなもうひとりの私の声をかき消しました。私は、自らの個を捨ててまでしてひきついだものすべてを好彦にひきついでもらいたかったのです、家も、小作地も、伝統も、因襲でさえも。

激しく拒絶する母、私に〝血〟をもとめた父団郎の影がかさなりあいます。

東京市ヶ谷の山口家の一室で新婚生活を始めた好彦・ゆき子夫妻。

まもなくゆき子だけが浜寺の私と生活をともにすることになりました。

昭和一九年正月休暇に好彦がゆき子を連れて浜寺へやってきました。

すらりと背の高い、目鼻立ちの整った美人です。

「お母さま、ゆき子です。これからご一緒させていただきます。よろしくお願いいたします」

二階の洋室がふたりの寝室でした。南面に海岸や海の見渡せるその部屋が、紀州の加太の海を思い出させるのか、とても気に入ったようで、鼻歌なんぞくちずさんでいます。

隣は広い応接室、ここで、好彦と酒をくみかわしダンスなど深夜までしているのです。

「時節柄、はでな洋楽など鳴らしてダンスなんて、ご近所から苦情が出ますよ」

と私は、叱りました。まもなく好彦は東京勤務で帰ってゆきました。

カヨのつくる料理は洋風の食事に慣れたゆき子には苦痛のようでした。

「ゆき子さん、親しきうちにも礼儀ありです。朝のごあいさつはきちんとなさいませね」

「ゆき子さん、お食事のときは、おしゃべりしないものですよ」

「ゆき子さん、ご時世です、大きなお声で歌うのはよくないですよ」

「ゆき子さん、派手なワンピース着て海岸を散歩するのはおよしなさいね」

ゆき子は疲れてきました。のびやかな東京での生活をしてきた若い女性にとって、姑の小言は耐えられなかったのでしょうか。好彦の迎えを待たず、突然東京の実家へ逃げるように帰ってゆきました。

社交的で活発なゆき子と、もの静かで内向的な私とは、最初からあわず、「勝気ばかりで優しみがない」と気に入りませんでした。

私の許しを得ず、勝手に決められた嫁だという、私の先入観が、彼女の一挙一動に不快感を感じさせたのでしょう。あるいは、息子への愛を奪われたことへの陰湿な母の嫉妬心が私の深層にうずまいていたのかもしれません。

昭和二〇年早々、私はゆき子を離縁させました。離婚が決まると幸前家は莫大な慰謝料を請求してきました。

好彦にはショックでした。彼とゆき子とはなんの齟齬もありません。それどころか、ゆき子の明るい性格、容姿すべてが気に入っていました。母とあわないことで家を出されたゆき子があわれでした。

好彦は最初あらがいました。けれどついに母の決意に従うしかなかったのです。杉山家をまもってきた母の権力は絶大だったのです。

「ゆき子さんが幸福な再婚をするまで自分は一人でいるよ」と力なくつぶやくだけでした。

好彦は、母と妻との不和を気にしたせいか、昭和二〇年春ころからふさぎがちになりました。

夫長三郎を引き取る

「お母さん、僕、気になっているんです。まもなく大阪市は空襲に遭うでしょう。お父さんは、天王寺でしたね。町の真ん中ですしね。お体も相当弱ってはると聞いています。時節柄、お世話たいへんなこと、僕にもわかります。ここにひきとってもらえませんでしょうか……」

ときどき東京から帰省していた好彦が私にきりだしました。昭和一九年の晩秋のことです。突然の話でした。私の沈黙のなかに、好彦の言葉が重く入ってきました。いつもの願いごとの甘えた声とは異なる、すこぶる真剣な声でした。

私は返答に窮しました。

戦況が悪化していることは銃後の私にもわかっていました。都会に住む人々の疎開が始まっていました。

子供たちは学校ぐるみの集団疎開やつてをたどっての縁故疎開。奈良五條の山縣家にも、次男故木村敏昭の母子をうけいれたこと、次女古家《こげ》佐知の一家は当主仙之助を堺に残して、孫眞一らは富田林の杉山の蔵に疎開させてもらったという便りが、先日も親子《ちかこ》からあったところです。浜寺の自宅には、爆弾こそ落ちはしませんが、空を飛ぶ爆撃機が見えます。

好彦は深く頭を下げるのです。こんなことは初めてでした。

妻である私の心中は複雑でした。

あの人が帰ってくる。顔も見たくない。私の幸せを奪った人、杉山の蔵を壊した人、父から引き継いだ杉山の田地をへらした人、あの声も聴きたくない、私にさしだした手にも触れたくない。でも好彦の頼みの声は拒否できない。

しぶしぶ、夫の帰宅を認めざるをえませんでした。夫には厳しい私ですが、好彦には甘い母親でした。

昭和一九年師走も末日になって、長三郎は車で運ばれてきました。荷物はほとんどありませんでした。すっかりやせ細り、夫とは見わけがつかぬほど面変わりしていました。うす汚れた袷を寒そうに着ていました。「たか子、たか子……」と口をすぼめて言い、手を伸べましたが、私は応じる気にはなりません。ふと様変わりした夫にあわれをもよおしました。

一階の西の端の和室をあてがいました。

病みおとろえていた長三郎は、精神もひどく均衡を欠いていました。外へ出たがり、大声を発することもあります。人目にさらすわけにはゆきません。

大家では、昔から、家族に精神障がい者がいるとき、屋敷の一角に隔離して世間の目に触れないようにすることがありました。長三郎の場合も、そのようにあつかい、部屋には錠をかけました。医者に処方してもらった安定剤を粥にまぜてあたえました。

富田林から送られてくる生活費や食糧も乏しくなってきました。カヨは庭の芝を掘りおこし畑を耕すようになりました。ネギや白菜、イモなどを器用に植え収穫し、乏しくなった配給の食を補ってくれました。料理上手なカヨは、材料を工夫したり、海辺に近いので、ときどきは漁師から新鮮な魚を買い取り、私をよろこばせてくれました。

長三郎には質素なお菜の膳でした。もともと私は調理しませんでしたが、長三郎に膳を運び給仕するのは、カヨの役目でした。

富田林では、「旦那さんはかわいそうや。座敷牢に入れられてしもうてひどいしうちや。奥さんは冷たいおひとや」とうわさされていたようです。

私は、夫を冷遇するつもりはなかったのですが、住宅街を出歩かれては困りますし、とじこめるしかしかたがないと思っていました。夫への愛はなく、同情やあわれみの気持ちしか起こらないのは、どうしようもありませんでした。それは四〇年近い夫婦の歴史、というよりは、杉山家の歴史に翻弄された男と女の関係を紐解くこと以外、だれも理解しえない思いでした。しかも微妙な感情のからむ関係なのですから。

四月、庭に植えていた一本のしだれ桜が咲きました。暗い時代の一瞬のはなやぎ、です。長三郎の部屋の窓からも見えたのでしょうか。ほとんど寝たきりの長三郎ですが、すこし調子がよさそうでした。その日、カヨに替わって私が粥を運びました。長三郎はうつろな目をしてじっと私を見つめました。「ううう……さくら、なしの……」言葉にならないうめき声を発しました。それは怒りや憎しみを濾過した静かな諦念のようなうめきの声でした。私と長三郎の前によこたわっていた深い溝にさくら、そして梨の白い花が散りかかるのを、一瞬ふたりして見ました。

それからふる里の大和の人たちの食していた粥、それをひとさじあの人の口に。ごくりと痩せ細った咽喉がふるえました。

翌日の四月一四日、いつものように朝食を運んできたカヨは、長三郎の冷たくなった骸《むくろ》を目にしました。長三郎六七歳。死因は栄養失調でした。

ゆく春を手むくる花の露おもくまたあたらしうたきそふる香

この年、実母奈美は、昭和二〇年一月二九日、八二歳で亡くなっていました。

山崎豊子とのこと

昭和二〇年三月一四日深夜から翌一五日の未明にかけて、米軍のＢ29の大編隊が焼夷弾をまきちらし、大阪の街を焼野原と化し、この日の空襲で約四千人が死亡しました。

船場の老舗昆布商の「小倉屋山本」も罹災し、主人山本利助さんはインドネシアのスマトラ島で従軍していたのですが、留守中の一家は、命からがら焼けだされました。新婚の妻ミツエさんと妹山崎豊子さんは飢えと寒さに苦しみながら、焼け跡をさまよいました。三月一六日に浜寺の杉山家にたどりついて利助さんのふたりの弟たちと対面できました。一八日には焼け跡の整理をしていた御父母とも合流できました。山本利助さんと好彦は今宮中学校時代からの親友で杉山家とは家族ぐるみのつきあいがありました。いざ空襲で焼け出されたら、「どうぞ、浜寺へお越しください」という約束をしていました。

着の身着のままでやってきた山本家の人々に、私は、温かい粥でもてなし、風呂に入れ、三階に清潔で暖かいベッドを用意しました。「お心尽しのお風呂に入って生きかえった心地する。この御恩、一生忘れまい」と後に山崎豊子さんは三月一八日の日記に記しています。

なにひとつ不自由のない船場のお嬢ちゃんであった豊子さんは、焼け瓦で暖を取るようなとき、配給のするめを口にするとき、生まれて初めてありがたいと思ったそうです。同時に持たざるものの寒々しさ、淋しさを感じ、義援金や品物をうけとるときには、恥ずかしいという感情をもったというのです。

豊子さんは一六日にたどりついた杉山家の温かいもてなしに涙にむせんだものの、「杉山氏帰らる。小さくなる。人の家はいやだ。誇高い我々だもの」と日記に記しました。

「杉山氏」とは、たまたま東京から帰っていた好彦のことです。焼け出されても人の世話になるのは耐えられない、罹災者として窮地にあっても、船場のいとはんとしてのプライドをしっかりかかえていた誇り高いお人でした。

山本一家の男三人、女三人は杉山家の三階の二部屋で暮らしました。二階のダイニングを台所食堂としてお貸ししました。この家から、豊子さんは、堂島の毎日新聞社へ通い、御父母や弟さんたちは焼け落ちた小倉屋の後かたづけに行きました。山本家の同居生活は六月まで三カ月続きました。

こんな時代でしたが、私はいつもきちんとした和服を着ていました。このとき六四歳になっていました。小柄ですが、いつもシャンと背筋を伸ばしていました。好彦の友人だった利助さんから、私が大地主の妻で、かつては明星歌人として美貌と才能を愛でられた女人であった、と、家族の人は聞いていたようです。利助の妻ミツエさんは、私のことを、「まあ、お上品な奥様ですこと……」とほめていました。

山本家の人々が三階に間借りして一カ月後、四月に葬儀がありました。山本家の人は驚きました。この家の女主人である私の夫にあたる人が一階に同居していた、その夫の死だったことに驚いたのです。

豊子さんには思いあたるふしがあったようです。早朝、二階の外側の階段を下りて出勤するとき、なにかうめくような人の声、いや獣のような声を耳にしたことがあったというのです。海岸からの風向きのせいなのか、聞き違いかも、と思いましたが、今となってはその声の主はひそかに世話されていた夫の声であったことに気づきました。

葬儀には喪服を着た大家の人々が参列していました。豊子さんは焼香するとき、仏前の写真に目をとめました。目鼻立ちの整った貴公子然としたこの家の女主人の伴侶にふさわしい男の顔でした。棺におさめられたのは猿のようにやせこけていて、見る影もありません。

豊子さんは私の過去に異常とでもいえるくらいの興味を抱きました。

豊子さんの執念は、のち昭和三九年、小説『花紋』となって結実したのです。

作家山崎豊子は私をモデルにして、ヒロイン御室みやじを設定しました。

作品のテーマは、最初の一行を書く以前に、作者の脳裏にありました。

美しい女神のごとき心と姿の背後に悪魔の声と姿を見ることができる、と。

「一生忘れまい」というほどの「御恩」を感じた私を悪魔の女として描いた豊子さん。あまりにひどい「恩返し」ではありませんか。恩を仇でかえしたのです。なぜ山崎豊子さんはこのような悪意ある行動をしたのでしょうか。

大地主の女主人、かたや船場老舗のいとはん、プライドの高いふたりが、角つきあわせたからでしょうか。豊子さんは、遠慮もなく、私の顔、私の着物をじいっと見ることが多々ありました。おしゃれな豊子さんは、職業柄、洋装ですが、上質の結城の紬などを着ていた私と、張り合っていたようです。つまらない女の見栄っ張りでしょうか。

京都女子専門学校の国文科出身の豊子さんは、明星時代の私のことを、執拗に聞き出そうとしました。「すべて昔のことですし」と私が心を開かなかったのが不満げでした。歌人としての私、私の気品あるものごしには太刀打ちできないと、ばりばりの女性記者を自負していた豊子さんは私に激しく嫉妬したのではないでしょうか。いいえ、ただ波長があわぬ、単に相性の悪いふたりだったかもしれませんね。

豊子さんは好奇心の塊でした。これは作家として大成する大事な性癖なのでしょうが、好奇の対象は私でした。私もえらい同居人に目をつけられたものです。近松門左衛門さんの虚実皮膜論をもちだされてはたまりません。作家たるもの、真実（?）を描くには、何を書いても許されるという、作家の傲慢さが目につきます。

これも後のことですが、昭和二九年六月一五日に、毎日新聞記者として、富田林にいた私を訪問し「生きていた薄命の歌人」という見出しで報じました。この記事を読んで、私は不快でした。この二年前に、私の閲歴と健在を学会に報告されていました松村緑先生もご不満でした。

堺大空襲　そして敗戦

大阪の富裕商人の別荘、保養地であったのどかな浜寺の地にも戦時の災難がやってきました。昭和一八（一九四三）年には、名所浜寺公園の大きな松の木が一〇〇本切り倒されました。木造船を造るというのです。そのうわさを耳にして戦局に悪化を感じました。南蛮貿易の時代でもありませんのに。

何なれば大君ゐます都べのみそらにゆるす敵機の乱舞

帝都東京にも敵機が来るというじゃありませんか。天皇のいらっしゃる都なのに、と皮肉っぽい歌を、好彦の上司近藤東都飛行師団長におくりました。近藤兼利氏は好彦を可愛がってくれた方ですが、遠慮のないうたいぶりにお気を悪くされたかもしれません。

昭和一九年には、大阪人の娯楽であった大浜の潮湯も水族館も閉鎖、空襲に備えて強制的に建物疎開すなわち破壊されてしまいました。

昭和二〇（一九四五）年には、東京、名古屋、大阪、神戸、と大都市の空襲が次々と数万の人々を殺りくしてしまいました。

五月になると、堺でも毎日空襲警報が出されました。カヨの勧めで、私もとうとうモンペをはいて防空頭巾をかぶって逃げださねばなりませんでした。

白ゆりとさうびの花のにほふ頃死ぬべき日かと爆音をきく
みいくさに身のあるなしはたのまねど生きけよとのみに母いのるなり

頭上には爆音たてて飛ぶ爆撃機、死を覚悟することもありました。庭の白ゆりとバラがかぐわしいころなのに。でも東都にいる好彦にはともかく生きていてほしい、と祈るばかりです。

七月一〇日午前一時ごろ、堺の空を真っ黒い不気味な巨体が埋めました。B29爆撃機一一六機、焼夷弾を雨のように落としました。焼夷弾は堺の古家の屋根をつきぬけ爆発し火のついた油脂を噴水のように噴出し、ふすま障子家具について火災を起こし、逃げまどう人々の体にくっついて焼き殺したのです。阪堺線宿院あたりの全焼率は92%、罹災者七万人死亡行方不明は一八六〇人。

こうして中世以来の由緒ある寺院も商家も焼野原となってしまいました。与謝野晶子さまの生家駿河屋もこのとき消滅してしまったのです。晶子さまは昭和一七年に亡くなられて、生家の灰塵を見ることがなかったのですが……。私とカヨの住む浜寺の昭和町の罹災はまぬかれました。

杉山家本邸のある富田林からも、堺方面西の空は赤くそまって見えたということです。

私は恐怖のさまを詠みました。

焦熱のほのほの円のせばまれる中にわれありその夜その時
敵機きて四囲に火簾をかけてまふ地獄のまひのところ得る家

杉山家にも火はせまり、火簾に囲まれた地獄にいるようです。家のすぐそば、火災を逃れた人々が浜寺公園に大挙して避難してきました。そのざわめきを悲痛な思いで聞きました。

好彦の帰郷

八月一〇日、東京の東都航空本部で勤務していた好彦が帰ってきました。すこしくたびれた軍服を着て疲れた様子でした。

若者のすべてが徴兵され、年配の所帯持ちまで、男たちの姿が町や村から消えていった時世ですのに、三〇歳のバリバリの将校である男がなぜ？

「休養を勧められたんや……」好彦はポツリと言いました。

仕事中もボソボソひとりごとを言って歩きまわったり、いきなり頭をかかえてふさぎこんだり、このままではとても仕事にならぬと上官は判断したのでした。六月ごろから躁鬱を繰り返すようになり、病状は悪化していました。

何があったのだろうか、この子の愛くるしかった瞳はすっかり光がうせているのを見て、私は胸をつかれました。

何を病むで苦吟の人ぞせみ時雨

暑い夏でした。苦しそうにうめくこの子は何を悩んでいるのでしょうか。東都の航空隊の仕事は順調にいっていると聞いていましたのに。

思い当たることがないではありません。好彦が気に入っていたというのに、嫁幸前ゆき子を「家風にあはぬ」からと離縁させました。あのとき、好彦は悲しそうにしつつ私にしたがいました。そのことも原因かもしれません。私はそんな思いをめぐらしつつ、あわててうち消しました。

浜寺の広い庭は、カヨの手によって菜園になって、食糧不足の食卓をうるおしていました。晴れた日には、好彦は、朝露にぬれて畑をたがやして、上機嫌で晴れ晴れした顔つきでした。夏野菜は上々の出来、夕には摘み取った色濃いナス、好彦の好物のナスを焼こう。ひさしぶりのにっこりした表情に私もうれしくなるのでした。

「あの人も畑しごとが好きだった。富田林の裏庭にとりどりの花を植えていたわ」私は遠い昔の夫を思いうかべていました。

八月一五日、敗戦の玉音放送を、好彦、私、カヨの三人は浜寺の別邸でお聞きしました。

大土の胸そこふかくたゞ生きんみ空のゆめは追へどよしなし
　なみだこそたゞにおちぬれわかき子のゆめのなべてのくづるゝを見て

私は流れる涙をぬぐうこともできません。
学徒時代から航空ひとすじに生きてきた好彦、その夢はどうなるのでしょうか。

第五章　敗戦後の露子

浜寺教室の開校

好彦の空への夢は破れました。好彦と私はそのことで頭がいっぱいでした。いくさ破れたこの国が大変革をせまられ、それが杉山家にのしかかるということに、すぐには気づかなかったのです。

戦勝連合国の日本駐留はアメリカ軍、一九四五年一〇月には堺の金岡兵舎に、アメリカ兵がやってきました。きのうまで鬼畜米英と教えこまれていた飢えた人々は、すらりと伸びた大男に驚きながら、栄養のよさそうな体躯をむしろうらやましそうに眺めていました。

大阪大空襲で大阪の街は焼かれましたが、米軍は頑丈なビルの一角は残しました。勝利を目の当たりにした米軍は、自分たちが駐屯したら、あの瓦葺き木造の焚き木になるような家では困る、と意図的に残したというのです。私がお産した病院で後に建てかえられた緒方ビルや日生ビル辺りがそうだったのです。

堺大空襲でも、浜寺公園や付近の高級住宅街は、焼夷弾が投下されずに残されました。計画どおりに、浜寺公園は占領軍の住宅地とされ、松林の中にペンキ塗りの家がたてられ、アメリカ風美的センスなのか、少々醜悪な趣味ですが、松の木の下にも白いペンキが塗られました。かつて善郎や好彦らが遊んだ白砂の広がる海水浴場は日本人立ち入り禁止となりました。浜寺公園に隣接する住宅街、特に洋館は高級将校たちの住居にとねらわれ、白亜三階建ての杉山家別邸も、軍にいつ接収されるかどうか、予断を許さない状況にありました。

山本富士子という女優さんは、後に語っていました。敗戦の翌年、泉大津市にあった海に面した三階建ての洋館を将校用の住宅として使うから接収する、一週間以内に立ち退くように、家財道具はすべて残しておくように、と。そんな時代だったのです。

英語のうまい好彦は自宅に米兵を招待し、山縣親子《ちかこ》の孫娘を呼んできて、能の仕舞を演じさせることもありました。食糧難の時代をよそに私たちの家には、チョコレート・缶詰・ハム・ソーセージが積まれました。

好彦は米軍接収の対策を考えました。若い女性向けの私塾風の浜寺教室を開校したのは、敗戦の翌年、昭和二一年の五月でした。開校記念会の日に私は詠いました。

　初夏やさうびと人と打ちまじり高きにほひもはなつべきかな

洋裁やダンスという解放感あふれたハイカラな学び舎に入学してくる若い女性の華やかさ、庭の芝の端にはとりどりのバラの花。好彦もハイテンション、頬を紅潮させて挨拶に立ちました。

私の装いは明るいうす紫の訪問着、息子の事業の出発にこころひきしまる思いです。五月の陽光がまぶしい、どうかうまくゆきますように。

洋裁の教師は東京の「菅谷学園」を経営していた菅谷文子さんが来てくれました。

菅谷さんは、好彦の東大時代の親しい年上の女友達で、好彦のたっての頼みを受け入れてくれました。

二階の大広間では、好彦の教えるソーシャル・ダンス教室、好彦は英仏会話やタイプライター、家庭科学と称して電気器具の扱い方まで教えていました。

七月一四日の夜はパリ祭のパーティー、蝋燭の燭台を灯し、ワインを酌み交わし、歌ったり踊ったりのハイカラな華やかな催しでした。

私もミセス・イソノカミとして「会席における正式の作法」などという講習をうけもちました。浜寺教室のプレジデント（校長）を名乗っていたこともあります。

「お母さまはお習字お上手ですから」と好彦におだてられて卒業証書を書きました。

菅谷文子の洋裁教室は人気がありました。和装から洋装への時代の流れが追い風となっていましたし、菅谷の美しい容姿と有能な技術が評判でした。

「菅谷さん、ちょっと派手ではないかね」

江戸っ子と申しましょうか、はきはきした物言い、テキパキとした行動の菅谷さん、彼女と私はどうもうまがあわなかったのです。菅谷はわずか一年で浜寺を去ることになりました。

実を言いますと、生徒は集まったものの、赤字経営で、菅谷さんにきちんと報酬を払えなかったからなのです。好彦に惹かれていた菅谷さんが、私との関係や杉山家の経済状態に愛想をつかしたのが帰京の原因だと思います。

浜寺教室は、昭和二二年には、菅谷さんの助手として来ていた熊田杏と共同経営になるのですが、生徒数も減り経営は苦しくなってきました。熊田杏は後、好彦と結婚するのですが。

農地改革

ポツダム宣言受諾、無条件降伏した日本は、軍国主義をなくし、民主化をすすめるための具体的な改革がなされました。

杉山家にも戦後の大変革がふりかかってきました。

日本経済の改革は、財閥解体、労働組合の結成、農地改革の三つでしたが、大地主であった杉山家は農地改革の影響を集中的にうけたのです。

昭和二一年一〇月、ＧＨＱ（連合国軍総司令部）の指導によって第二次農地改革が公布されました。戦前から、小作地解放の農民運動があったのですが、このＧＨＱの改革は徹底していました。小作地に住んでいない不在地主であった杉山家は、四四町歩の小作地すべてをただ同然で手放すことになったのです。昭和二二年三月から三年かけておこなわれました。

大みことひれふしき、しその日より生けるともなきわがよなりしか
めぐりぬる罪のむくひときけどなほうらめしきまでぬる、袖かな

天皇の敗戦のお言葉を聞いて、大日本帝国とともに、地主制度も解体され、生きてはいけない思いでした。

私は動転しました。目の前が真っ白になりました。

好彦は動揺しました。天地がひっくりかえったと言いました。

ああ、お父さまから私が引き継ぎ、守りぬいた土地が、子供たちに渡した土地がなくなる、四〇〇年続いた大地主杉山家が崩れる、大屋根も梁も大音響たてて崩れおちる。

私は耳をふさぎます。目をつぶります。闇がひろがるばかりです。畳の上にぽつねんと座る私。だあれもいない二階の仏間で、ほおりだされた好彦と私。

ああ、これが報《むく》いなのか、小作人の血と汗を吸って太ってきた地主の。

あの若き日の私に、熱っぽく語った宮崎民蔵の顔が思いうかんできます。あのとき私は小作人解放の思いを受け「土地復権同志会」に加盟しました。

年貢米を積んだ荷車をあえぎながら坂道を上る小作人の痩せた背。そう、小作人解放は私の願いだったはず。それが現実として今私の前にあらわれました。

それは正当な時の流れではないのでしょうか、そう思う一方、私の頭の中は混乱してきました。冷静になればなるほど苦渋の思い。私の生活はどうなるのでしょう。好彦の未来はどうなるので

しょうか。

住みなれし家を追はれてふるさとへ身一つ泣きに出でしその朝

困窮の日々

昭和二一年一二月三日、冷え込む朝でした。

「富田林に帰ります」

それだけ好彦に言ってカヨと二人浜寺の別邸を出ました。包みには数着の着物だけ。

「お母さま、お気に召さぬこともありましょうが、ここにいてください」

好彦は止めました。数日前から好彦との間に激しいいさかいがありました。好彦は、まさかあの荒れた富田林の古家に……と案じたようですが、ひきとめられて決断をひるがえす母ではない、と私の気性を知っている好彦はあきらめました。

涙のみたゞにも落ちぬちゝはゝのかゞやき住みて在りしこのいへ

私とカヨはお昼過ぎには富田林に着きました。留守を預かっていた別家の人もいない邸宅、偉容さの面影を残してはいますが、漠として寒々しい邸内でした。父や母たち、大勢の使用人がいた輝きの日々はありません。

窓には蜘蛛の巣、庭には八重むぐら、戦時中に供出した赤銅の樋《とい》も蔵の妻戸の鉄も補充されることなく、土蔵はくずれていました。

私は六五歳、なぜこんなうらぶれた老いを迎えねばならないのか。私は悲しい思いでした。時代の怒涛は容赦なくうちつけるのです。


明くる年、昭和二二(一九四七)年三月から小作地の買収が始まりました。もう小作料は一銭も入ってこないのです。浜寺の好彦からの生活費を当てにしていたものの、浜寺教室の不振でとだえがちでした。好彦は二四年一月から、大阪府立住吉高校の社会科教師に就き、三月には熊田杏と結婚しましたが、生活は好転しません。

二五年ごろ、富田林での生活はとても苦しかったのです。浜寺の杏に手紙を書きました。

毎月二千四、五百円の配給の主食代を好彦にことづけてくださいな、今年になって一度も受け取っていないのです、米びつにはあと一斗余りしか残っていません、あと半月にも足りません、と。

小作地は無くなりましたが、富田林町や西に隣接する毛人谷《えびたに》には杉山家の借家があり、戦前から借地料として杉山家に年ごとに支払われていました。しかしインフレの時世でもあり、生活を潤すことはありません。

奈良県の五條に嫁した山縣親子が心配して、息子の與一を寄こしました。山縣家も同じく小作料収入を閉ざされ、農地改革の憂き目にあっていました。養子に出した次男木村敏昭は、昭和一九年に事故死をしたものの、長男與一と三男長正は戦地より無事帰還して、就職し生活の心配はなかったのです。

與一は三和銀行に勤めていて、財産や税務管理に詳しく、親子が杉山家の相談にと寄こしたわけなのです。杉山家は富田林の本邸、浜寺の別邸、借家などを保有していて、その固定資産税支払いに苦しんでいたからです。

與一は私に、丁寧にわかりやすく説明してくれました。税金はどうしようもなく逃れえないということが私にもわかりました。どうしようもないと。

話し終わったとたん、私は立ち上がり、興奮して言い放ってしまいました。

「わかりましたよ、與一さん。払えばいいんでしょ、払えば」と。

いきなり指にはめていた宝石を、與一の前にたたきつけてしまいました。

いつものもの静かな私の豹変ぶりに與一は驚いた様子でした。

杉山家はせっぱつまっていたのです。よりにもよって、親子の息子にこんな情けないことを告げられ、私の自尊心がどうしようもないほど傷つけられたのです。

杉山家の借地や家の財宝、屏風や掛け軸、茶器や什器などを、生活の糧に売ればよかったのかもしれません。でも、父祖伝来のものを思うと、私にはできなかったのです。

よのさがのなべてと云へど六十ぢへておもひしりぬうきのかげかな
今さらに誰れをうらみむかゝる日のすくせに生ひしわがよをば泣く

昭和二四年ころの歌です。敗戦国日本の多くの人々が飢えにあえぎ苦しんだ時代であったのです。それでも私は耐え清貧に生きたのです。六〇代にもなって、こんな憂き目にあうなんて。いまさら誰を恨みましょうか、こんな運命に生まれた私を泣くだけです。

杉山家売却の決意・古家物語

昭和二六年、私と山根カヨ、老女二人の住む杉山家は、修理されることもなく、荒れ果てていました。近所の悪ガキどもは、「幽霊屋敷」などとはやしたて、ちゃっかり出入りして遊び場にしていました。

そのころ四〇〇年の歴史の遺産に着目する人がいました。大阪市立大学住居学教室による建物調査が始まりました。この調査を踏まえて、好彦は「古家物語《ふるいえものがたり》」を書きまとめました。東大の経済学部を卒業している好彦は、日本の古典文化にも興味を持ち、大阪大学の犬養孝教授率いる万葉の旅にも参加したり、高貴寺住職らをさそって、桂離宮を見学したりしていました。「古家物語」は、杉山家の各部屋のつくりや屏風、襖などの紹介、庭や蔵を解説し、ブルーノ・タウトばりの美に通じた文章なのです。

「お母さま、この家の傷みようはひどいです。修理にもたくさん金がかかります。雨漏りもするし、とても住まれませんね。浜寺でご一緒に暮らしましょう」

私は一瞬言葉に詰まりました。

「アメリカのロックフェラー財団に売ろうと思うんです。壊してしまうわけではありません。解体してどこかへ移築してもらったら、この由緒ある建物が残せるしね……」

「東京へ行ってきます。航空仲間の同窓会のついでに、斎藤寅雄さんや田中万逸さんに会うて頼んできます」

「お前、そんな……。ご先祖さまに申しわけないことして……」

と言いかけたものの、暮らしのなりたたぬ家計を身にしみていましたから、いたしかたないとさとって、うなずくしかありませんでした。

「古家物語を英訳して見せることにします。家の写真も撮りました」

好彦は家の各部屋や庭、什器にいたるまで、得意の写真を撮っていました。その上知り合いにたのんで、飛行機を飛ばし航空写真まで撮りました。

「写真にお母さまの歌つけてくださいよ」

三百年いつきつゝいしほのぐらき仏間にあさの御香をたく　（玄関　仏内）

なにがしのなにぞときめきわれありぬくろかみきよきさびしかりしころ　（大奥）

そこばくのいしにのこれる室町のおもかげそれもさびしきものを　（庭）

好彦の写真に添えられた歌八首の中の三首です。

私は広々とした座敷にひとりぽつねんと座っています。毎朝仏間に入って朝の香を薫き祈ります。大奥の間に座り、むかし黒髪ゆたかな私を訪ねてきて、ここに座した恋人や客人たちのおもかげを思い出してみるのです。庭に下りて、おそらく室町のころからの飛石にそっと足を下ろしてみます。

がらんどうの、朽ちてゆく家。四百年の矜持を捨て異国の人に売られてゆく家。

じぃーんと暗い虚空をみつめている私。怒り、腹立ち、悔しさに身が裂かれる思いだった私。

今はただかなしみが、さびしさがみちてくる。

がらがらと時の本流に墜ちてゆく家。

外に向かって鋭く突いていた「しのび返し」が、私の胸に突きささる。

七月三一日、好彦は上京しました。

暑い日照りの東京の街をさまよいあるく好彦、苦熱の中を目ばかり大きうして、と私のこころを痛めるのでした。

朝日新聞の斎藤寅雄氏や当時、民主自由党の重鎮であった代議士田中万逸氏を訪ね、家売却の斡旋を頼みましたが、話はまとまらなかったのです。私の小学校時代からの親しい友人、衆議院議員の田中万逸さんは、「やめときなはれ、あんな立派なお家、ちゃんと守っとくなはれ」とむしろ忠告したというのです。

高貴寺と好彦

好彦は、葛城山のふもとにひっそりとある高貴寺へよく通っていました。

高貴寺周辺の杉山家所有の山地や近くの平石村に杉山家の小作地があったからですが、なによりも訪れる人もほとんどない静かな学問寺の静逸さに疲れた心をいやしていたのです。

それに住職の前田弘範さん、好彦と同い年の、同じく従軍体験者であったせいか、仲良くしていただきました。当時、学僧であった松本俊彰さん（のち、三重県真福院住職）にもお世話いただいたようです。

高貴寺は、古く役小角《えんのおづぬ》によってひらかれ、以後空海や高僧の来山があり、勅命を奉じて法灯四方に輝いたといいます。中世には戦乱に焼きはらわれましたが。江戸時代になって慈雲尊者が再興され、正法律宣布の根本道場として栄えた由緒ある寺だそうです。

弘範住職はおだやかなおやさしい方で、食糧の乏しい時代、コッペパンひとつを持って、寺に迷惑かからぬようにと気を遣って一晩泊まっていった好彦をうけいれてくださいました。好彦の友人知人たちも、高貴寺を愛し宿泊しに来ています。

好彦は敗戦直前から心を病み、軍務を解かれ、浜寺に帰ってきていましたが、混乱期を生きるのに、彼の神経は繊細すぎたようです。住職さんは好彦の悩みをうなずいて聞き、ときには加持祈祷もしてくださいました。

昭和二二年五月、好彦は浜寺の別邸から富田林の私の住む杉山家に帰っていて、翌日高貴寺に参詣しました。

早朝、富田林の家から歩き始めました。金剛バスが通うのは昭和二三年になってからのことです。バスに乗っても高貴寺に行くには、平石の集落より二キロも下方の加納村で下車し、山道を小一時間も歩かなければならなかったのです。

杉山家を出発した好彦は商店でにぎわっている堺筋を下り、町はずれから石川に架かっている金剛大橋を渡ります。金剛山に向かって千早街道を、山中田《やまちゅうだ》、南大伴の集落を通りすぎます。途中北大伴から東方向に曲がって別井《べつつい》、寺田を通ります。これらの村には、一年前までは、杉山家の小作地が多くありました。

いよいよ、小作人への、土地売却が進もうとしていました。野良作業をする百姓は、ちらりと杉山家の当主好彦に冷たい視線をなげつけるだけで、あいさつをしようともしません。かつての殿さまへの従順と畏怖のまなざしは、今は敵意に満ちているのです。西行法師終焉の寺弘川寺へ向かう道との分岐点、上加納《かのう》から東に入ると急坂になります。山から落ちてくる農業用水路の水音が激しく音をたてています。

落ちて流れてくる水、俺はさからって登る。だが流れてくる水を認めるしかないのか。

　三高時代、登山で鍛えた好彦は疲れもみせず歩きます。右手の谷沿いに切り開かれた田畑は田植えの準備なのか、牛がしっぽふりつつ、泥田を鋤いています。道の傍らの樹木が新芽を吹き出し、むせるような精気の匂いに、めまいしそうです。

　この田地も杉山家のものだったのに、と一瞬屈辱感におそわれました。平石の集落をくぐりぬけると、平石峠への道辺に高貴寺の石道標があります。着いたぞ、好彦は汗を拭きました。富田林の家から徒歩二時間ほど。おしゃれな好彦は白い帽子に登山ボッカ、カラフルなシャツをまとっています。最後の細い急坂の二〇〇メートルほどの参道を一気に登ります。葛やつたが目前に垂れさがっています。

　山門は好彦をしっくりと迎えてくれました。花の季節は終わっていましたが、吹きだした一面の緑のなかにピンクの山桜がはなやい

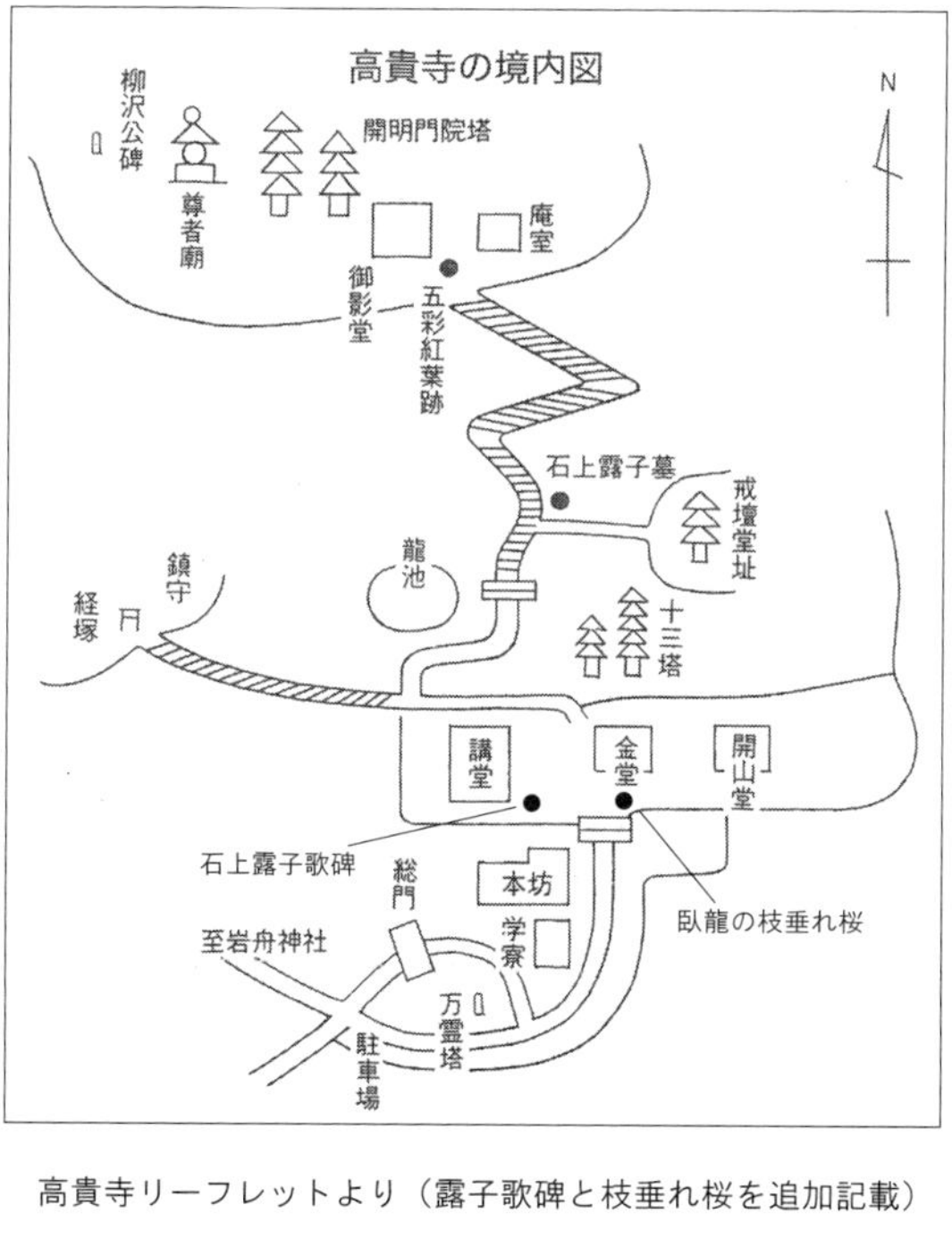

高貴寺リーフレットより（露子歌碑と枝垂れ桜を追加記載）

でいます。好彦の好きな金堂前の臥龍の枝垂れ桜、一〇〇年にもなるのでしょうか、あでやかな小粒の桃色の花びらがすこしのこっていました。ゆきやなぎ、三つ葉つつじのむらさき。仏に供花する花が一年中絶えないので、香花寺《こうげじ》とも呼ばれていた高貴寺の初夏です。ほととぎすの血を吐くかのような鋭い啼き音が静寂を破ります。

細長く南北にならぶ学問寺の学寮の端然としたたたずまいが身をひきしめてくれます。森閑とした寺の霊気に身も心も洗われます。下界から逃避できたのです。

講堂と金堂の間の渡り廊下をくぐりぬけて、杉木立の参道を登り、おくつきの慈雲尊者の聖地にやってきました。聞こえるのは風の音と小鳥たちの鳴き声、かすかに谷を走る琴のような水音。

私も高貴寺に惹かれ、華奢な体を和服に身をつつみ、ひとりで急坂をのぼっていったこともありました。好彦がお世話になっているので、お礼がてら、参詣にきました。六〇代になっていましたが、白髪になったとはいえ、気品ある姿だったと、寺の松本修行僧の記憶にきざまれていたそうです。

はる浅きみ山をおもひ君思ひとぼしき炭をまたさしそふる

高貴寺の弘範住職を思いこんな歌を詠みました。早春のお山はまだ冷たいですが、梅の花が咲き桜や白木蓮がふくらんでいる。ふきのとうは雪間に芽を出している。もえぎ色の木々たち、うぐいすのささ啼き、住職は、冷たい世間の風にさらされている母子には、あったかいともしびでありました。炭は寺から贈られた上質のさくら炭です。

私は弘範住職のご母堂、御所《ごせ》の観音院住職の秀戒尼やご伴侶の隆戒尼とも親しくなりました。のちに、弘範住職の娘の前田茂子さん（のち、奈良・西光院　西村以子《しげこ》さん）を、富田林第一中学校へ越境入学させるため、杉山家にお預かりしました。明るくて溌剌としてらした娘さんとの同居は、当時、私とカヨ、四歳の孫のさびしい富田林杉山家に陽の差すようでした。前田家とは家族ぐるみの交友があり、孫八彦入学のときはランドセルのお祝いまでいただきました。茂子さんは、「おばあちゃま」と私になつき、八彦を弟のようにかわいがってくれました。

松村緑

杉山家にも幸いが来ました。昭和二五年三月、浜寺の好彦・杏夫妻に男の子が出生しました。

「男の子だね、杏さん、ようがんばりましたね」

「お母さま、名前をつけてください」好彦も上機嫌。

私はうれしかった。自分が善郎や好彦を生んだころとは大違い、大地主杉山家はもう無いのですが、杉山家の後継者の誕生であることに変わりありません。「隼二」と命名しました。「隼」は鳥の王者、はやぶさのことです。隼のように強く、たくましく、という願いを込めて。

好彦の体調もまあよろしい。前の年から、安月給だけど、浜寺近くの住吉高校に通勤しています。近頃は、趣味のカメラをぶらさげてあちこち撮りまくっているようです。

「杉山センセイ、写真撮ってよ」

「ほいきた……」と気前よい好彦。住吉高校の男子生徒が杉山センセイを慕って浜寺の自宅へやってきて、家で海水パンツに着替え、そのまま浜寺の浜へ泳ぎに行きました。人気センセイだったようです。なかには、富田林の本宅までおしかけて来る子もありまして、「おっき家やなあ」と驚いていました。


多難の六〇代も、最後の六九歳の秋のことでした。

富田林の自宅に美しい宛名書きの手紙が届きました。差出人は東京女子大教授・松村緑、私には覚えのない人、封書を開けて読む私は、文面にくぎ付けになりました。

突然の手紙の無礼をわびつつ、丁寧な文字で、思いのあふれている文面でした。手紙の直接の動機は、松村教授が教材として編集することになった詞華集『要註近代詩選』に「小板橋」収録の許可を願うものでした。

そして、幼いころからの石上露子への憧れ、東北大学時代には『明星』に心惹かれノートに控え座右の友としたことなどが、綿々と、綴られていました。

遠い昔の夢が眼前にゆらぎました。

私のうた、『明星』のも『冬柏』のも、きちんと読んで、研究までしてくださる方がいる……私には驚きでした。うれしかったのです。

こうして四十路の松村緑先生との文通が始まりました。王朝の絵巻を思わせる金彩地の料紙に流麗な文字を連ねた私の手紙を、松村先生はよろこんでくださいました。

数回後のお手紙に、いささか高揚した思いを書いてくださいました。

「私は、あなたの清冽な抒情的なお歌が好きでした。歌の背景のあなたの哀しい履歴を知りました。そのような逆境におられても、持ち続けておられた自我の精神とでもいうべきものに、とても感動いたしました」と。私を理解してくださったその深さに涙しました。

私の哀しみが、男性中心のこの国の近代を生き抜いた女性国文学者である松村先生の人生の苦悩と重なり合ったからなのでしょう。

昭和二七年に、松村先生は「石上露子実伝」を国文学会に発表なさいました。

私は松村緑先生との交流を通じ、自分の人生をつくづくとふりかえり、自身を見つめるようになりました。男衆《おとこし》のうたう酒造り唄をゆりかごで聞いたような幼女から、今、がらんどうの古い屋敷にぽつねんといる老女、にいたるまでの人生がよみがえってきました。痛い追憶ですが、いとおしむように、ひとつひとつ紡ぎ始めました。折々に書き留めておいた日記、歌、俳句で、記憶を確かめることができました。もうすぐ古希を迎えます。急がねば、筆を走らせました。血圧も高いし、ときどきふらふらします。急がねば。こうして私の自伝は完成に近づきました。のちに、松村緑先生が「落葉のくに」と名付けられたものです。

昭和二八年五月に松村先生は初めて富田林に来られました。慈雲尊者の「文月」の掛け軸、美しい能の女面のかかる大床の間でお迎えいたしました。

「小柄できゃしゃで、均整のとれた体つき、色あくまで白く鼻筋の通った細面の、清らかに気品高い容姿は白菊の花にたとえられた若いさかりの美しさを偲ばせるに充分であった」と松村先生は、初対面の私の印象を記しておられます。先生はこの後、四回富田林の家を訪問してくださいました。

松村先生は、実際富田林の町を歩き、金剛葛城のやわらかな山並を望み、石川のせせらぎを聞き、露子の恋歌を解されたのです。古びた家の柱や、梁の下で、その重さに耐えつつも、ひたすら自己を失うことなく生きた女の一生を感じてくださったのです。

私はいつのまにか、先生のご来訪を心待ちするようになりました。すっかり老いてうらぶれた私をやさしくつつみこむ頼りがいのある女丈夫のような先生です。私はうれしくて子供のように明るい声で
「ようこそいらっしゃいました」とお声をおかけするのです。

そんな私を、大柄な先生は抱きしめて、再会をよろこんでくださいました。

なんでも静かにうなずいて聞いてくださる最大の理解者に出会って、私はおだやかなこころになれました。

七〇代に入った私は安息の境地にいたったのでしょうか。

このころ私は四首の歌を詠んでいます。

いまはとて消《け》なむいのちもなげかじな見しよのゆめのいとゞこひしき
現しよのゆめよりさめて七十路のいまはしづかに暮るゝまたまし
石川のさゞれの上のゆふちどりわが名によそへ人もこひしか

つらいことの多かった私の人生、よくも生きて古希を迎えたもの。もしも今私のいのちが絶えても、嘆きはしませんわ。静かにこの世を去ってゆきましょう。その日を待っていましょう。ゆめ多き私の青春、あがきあらがいつつも、恋と文学のゆめは去ってゆきましたわ。あのころのこと、ゆめのさめた今も、胸しめつけるほどあのひとのこと、恋しくてなりませんわ。

石川のさざれ石に止まっているちどりよ、私の筆名と同じ名の夕千鳥よ、お前も人が恋しいのか。

津田秀夫・家永三郎

昭和二六年八月、杉山家玄関の重い戸をきしませて開ける訪問者がありました。

「こんにちは、杉山孝さんいらっしゃいますか」

低いが大きなよく響く声です。カヨは買い物に出ている。格子の間にいた私が返事をし、ゆっくりと戸口に立ちました。

「失礼します。わたくし大阪学芸大学の教員の津田と申します。南河内の旧家をご訪問しています。お持ちの古文書を拝見したいのです」

背の高いがっちりした体躯の男が立っていました。男の白いワイシャツが薄暗い三和土《たたき》に明るいスポットライトを浴びたようでした。あっ、あのひと、正平さんが立っている、丁寧な物腰、端正な面差しのひとでした。明くる日から、津田秀夫先生は杉山家にやってきました。私は蔵から知っているかぎりの古文書を持ちだしました。

津田先生はむさぼるように読み、ノートしていました。昼食の時間を惜しみ、古文書にひたとっくんでいました。古家の夏は涼しいのですが、風のない午後は蒸し暑く、先生の仕事する二階部屋は特に暑さ厳しいのです。

先生の熱心さにうたれ、二階に専用の作業部屋を設けました。部屋の入口には「津田先生の部屋」と貼り紙しました。昼食時には私自らお茶を運びました。

私は七〇歳、津田先生三一歳、親子ほどの年齢差があるのです。けれども、私は津田先生の幅広いがっちりした背に、大きな真摯な瞳に、ひきしまった口元に、青春の日の長田正平を見てしまったのです。

昼食時の休憩のひととき、私はぽつりぽつりと話すようになりました。敗戦後のこの家の苦しいこと、空の夢やぶれた好彦のこと、そして若き日の恋と文学のことまで、問わず語りに話していたのです。今の私がそのまま、青春時代の露子にかえりました。露子は目の前にいる正平に向かって、恋語りをしているのです。

津田先生はいちいちうなずいて耳を傾けてくれました。先生も語りました。

「こうして古文書を見せていただいて、ありがたいです」

「南河内の百姓たちの育てていた、ほら、綿や菜の花、きれいな一面の菜の花畑、菜種を絞って油にし、灯油に加工しますね。大阪は灯油の集散地でしてね、江戸時代幕府はこれを統制してましてね」

「百姓が苦労してつくった油を百姓が買われへんかったんで、百姓と油加工業者が結託して幕府に反抗したんですよ」

「孝さんの見せてくださった古文書からそんなことがわかるんです」

津田先生は南河内の旧家、富田林東板持の石田家、美陵町（現藤井寺市）の岡田家、古市（現羽曳野市）の森田家などを調査していました。

「百姓も黙ってがまんする奴隷ではなかったのですね」

私は、若き日の小作人への思い、地主の娘でありながらも不平等な社会に目を向けていたことを話し出しました。

津田先生は驚きました。

「そんなことがあったんですか」

「先生、私、松村緑先生に勧められて書いているんです。子供時代からいろいろあった私の思い出をまとめておきたいと」

「孝さん、ぜひ完成させてください。私、楽しみにしています」

私のこと、わかってくださる方がいる。松村緑先生、そして津田秀夫先生、『明星』研究の大阪女子大の明石利代先生、そしてそのころ、杉山家を訪れて古文書を研究していた京都大学の学生の脇田修さん、彼もまた私を「おたかさん、おたかさん」と慕ってくれました。

七〇代に入った私の体調はよくなかったのです。血圧が高く、だるく伏せりがちな日々を過ごしていましたが、若い学徒たちとの語らいは、なにより私を元気づけてくれました。

津田先生が杉山家に通うてくることになって一年後、昭和二七年、

「孝さん、私、この九月に東京教育大学に移ることになりました。一年間ほんとうにお世話になりました」

私の内にはりつめていたものが崩れてゆく、さびしい、と心底思いました。

お別れの日、先生も熱くなった目がしらを押さえていました。

「先生、私、この年になって、自分のことがわかってきました。ほんとうの私の人生です」

そう言って、和紙に毛筆でしたためた和綴じした冊子を先生にお渡ししました。この方なら、私のことわかってくださる、と思ったからなのです。

津田先生は東京に持ち帰る道中それを読みだし、驚愕したそうです。おぼろげには聞いていましたが、波乱にみちた私の人生と激しく燃える女の心に、これはたいへんな記録だ、と思い、自分の専攻とは違う、歴史家の同僚の家永三郎先生に読んでもらおう、とすぐ決断なさったということでした。

家永三郎先生は後に教科書検定の国家権力の介入に抗議し教科書裁判で多くの人々の支持をあつめた学者として知られた人です。

露子の文学を高く評価し、自伝に書かれた人生を「その曲折に富む七十年は、抜き難い封建的因習の下で近代的自由を追求する熱烈な魂のみが辿るべく掟てられた、いたましくも貴い歩みの迹」と評価してくださいました。そして王朝風の綿々たる文体でつづられたおりおりの思い出書きの日記を「石上露子日記」と命名なさいました。この日記はのち、松村緑教授に渡され、「落葉のくに」と改めて命名されました。

家永先生は地主の令嬢が社会主義を唱える平民社の人々と交友し「平民新聞」を購読したことに着目し、昭和三〇年二月に「石上露子日記」について――明星派歌人と社会主義思想との交渉――という論文を発表されました。

この論文発表の礼状が届いたとき、私は重いヘルペスで臥していたのです。

富田林の人たち

大阪の女の人はおしゃべりで、社交的で、どこでもすぐ友だちになってしまう、と世間で言われているようです。でも広い屋敷に住む大地主の娘時代から私には富田林の友人はなく、もはや地主でなくなった晩年も、ご近所の方とのお付き合いはほとんどありませんでした。

むろん、「私は、あの有名な与謝野鉄幹・晶子と親しかったのよ」なんて吹聴することもなく、訪問客と会うほかは、ひっそりと暮らしていました。

ただ、東隣の、浅井千鶴さまとは、朝夕、毎日のように声をかけあいました。

「浅井さま、今日はいいお天気ですね、庭の梅に、うぐいすが来ましたよ」とか、

「寒くなりましたね、私このごろ、調子が悪いの、武田先生に診ていただいたの」

とか、たわいないことをお話ししているだけで、なにかほっとして、温かい気分になるのです。

「奥さん、お体、お気をつけてくださいね」

「千早の人からもらったしいたけ、おすそわけいたしますわ」と浅井さまはやさしく木戸の向こうから声をかけてくださいます。小さなお声で、上品でていねいな言葉遣いです。浅井さまは昭和二七年にここへ引っ越してき、それから七年ほどのおつきあいです。夫さんを戦争で亡くしてお一人の男の子とお二人の娘さんを洋裁仕立てで、育てておられたのです。もっとゆっくりお話したかったのですけれど、お仕事の邪魔になりますからご遠慮しました。

「浅井さま、おめでとうございます。これ私の歌なの、登世さんのお祝いに」と娘さんご結婚のお祝いに、私の歌を書いた七枚の短冊を贈りました。

「まあなんて、華麗な色紙なんでしょう。奥さまのお歌すてきですわ」

と、歌を詠まれるという浅井さまはとても喜んでくださいました。

冬柏時代の、いずれも帰らぬ恋人を待つせつない歌で、結婚の祝儀にふさわしくなかったのですが、金箔の色短冊に書いた典雅なものでした。

家の前の道路を隔てて米蔵がありました。米蔵の南側にお住みの朴訥な井村さんご夫妻には何かと用事を頼んだものです。浜寺へでかける折には、お子さんたちに留守番をしてもらったりしました。皆さん、私のこと「おいえさん」と呼んで親しんでいただきました。井村さんには私の

描いた梅の墨絵をお礼にさしあげました。

富田林の町にも、ほとんど外出しない私は、そのころ創刊以来朝日ジャーナルをよんでいました。書店主芦田和一さんが届けてくれていました。

家へ来る度に親しくお話しするようになりました。温和な方ですが、戦時中は、反戦の意志を貫き、治安維持法で入獄されていたという硬骨漢、若いころは文学青年であったとか、短歌や歴史、政治のことなど、気が合うたのでしょうね、毎日のように来られてお話ししました。農地改革の農業委員をしていた芦田さんに、好彦も相談にのってもらっていました。

芦田さんの依頼で、昭和三一年四月から二年間、空いていた米蔵を政党の事務所としてお貸ししました。三月の好彦自死直後でしたが。

なつかしい方の来訪もありました。

二六年も前になるでしょうか、京都時代、主宰者与謝野寛先生をかこんで鞍馬山の『冬柏』歌会で同席していらいの同人、中谷善次さんです。実直な銀行員であった中谷さんは、鉄幹の弟子として、確かな写実に観念美をそなえた歌人で明星派の伝統を貫いた方だと記憶しています。

このころは三和銀行富田林支店におられ、富田林の歌人杉本宗勝さんらとさかんに歌作しておられたのです。

昭和三〇年のころでしょうか。中谷さんが、富田林の歯科医師で歌人の松葉俊郎さんをお連れになりました。痩身の中谷さんとちがって立派なお髭の豪放磊落な松葉さんでした。

おほ方に思ひ捨ててもわりなくて老いの命に張りしひと条　中谷
老いてなほ直き心の君なりきあたたかなりきその触るる時　松葉

おふたりは、老いた私を温かく詠んでくださいました。歌のこと、絵のこと、花のことを時を忘れて、お話に興じました。
その後、松葉さんとは家も近く風流な付き合いをさせていただきました。

朝露にみつしろ草のすがしさを孝子刀自よりもたせ給ひぬ　松葉

歌のこと、文学のこと、絵のこと、戦後の政治のこと、古い歴史のこと、晩年私は話題に富んだ交友に恵まれました。社交的な私ではありませんが、私もまた聞き役に終わらずにお話ししました。青春にかえって彼らと談論風発、とはおおげさですが、「友あり、遠方より来たる、また楽しからずや」ですね。

好彦の苦悩と自死

好彦は昭和二四年一月から二七年まで、府立住吉高校の社会科教師を務めました。気前のよいお坊ちゃん先生に人気があったのですが続けられませんでした。

給料も安いし、帝大出のエリートが、「教師ふぜい」に満足できなかったからでしょうか。九州の航空大学校の教授に請われたこともありましたが、体調の悪化もあり、迷った末、おことわりしてしまいました。手元においておきたいという私の気持ちもありました。

前述しましたが、昭和二六年には、富田林の本宅をアメリカのロックフェラー財団に売却するのに、東京にでかけて奔走しましたが、この計画も失敗に終わりました。

浜寺教室は赤字経営とはいえ、二四年の三月に結婚した妻杏が洋裁を教え、経営を続けていました。ダンスの上手かった好彦は、晩年もよくガーデンパーティーをひらいていました。浜寺教室の同窓生は「若いソシエテ」を結成し、ビール・コカコーラ付きの飲食、音楽ダンスというおしゃれなパーティーでした。もっともこの催しは採算がとれなかったようです。

再婚した好彦には幸いもありました。長男隼一と次男八彦にめぐまれたことでした。

私は浜寺に別居している嫁の杏によく手紙を書きました。

「少ない家計でやりくりするのが主婦のつとめですよ」

「お漬物を男がいやがるのは主婦の不手際からですよ、勉強なさいませ」

「食事の材料は四季それぞれ趣をかえるようにね」

どうも姑の私が余計な口出しをしてしまったようです。嫁に対して絶対的な力をもっていた戦前の古い家族関係から抜けきれない私でした。嫁の杏が嫌がった様子が目に見えます。日常のささいなことから、嫁と姑との関係にひびが入ってしまいました。

その果てには、長男隼一の出産一年半後に生まれた次男八彦を

「あなたには杉山家にふさわしい教育ができない」

と富田林に連れ帰ってしまいました。

今から思いますと、母と子を引き裂いた罪は軽くありません。嫁の心情がわからなかったのでしょうか。あるいは、かつて杉山家の王者のようにふるまっていた私が、何でも許されると思っていたのでしょうか。

ちなみに料理はカヨまかせ、育児の雑事もすべてカヨがしてくれました。カヨは我が子のように、八彦を抱いて寝ていました。

これでは嫁の杏とうまくゆくはずがありません。

好彦はこんな私の言動をにがにがしく思ったのでしょうが、抗うことをしませんでした。気のやさしい、いえ、気弱い息子でした。

好彦の細やかな神経は、母と妻の間の板ばさみとなり、いよいよ傷つけられ、悪化するばかりだったのでしょう。

富田林の役所から固定資産税滞納の請求が来ました。七百坪の杉山家と借家にかかる税です。好彦は窮しました。払えるあてはありません。当時富田林市役所の市長公室の課長だった祢酒《ねざけ》太郎《たろう》氏を通じて嘆願書を提出しましたが、法で決められたことなので、祢酒氏もどうしようもなかったのです。京都の三高出身の好彦は京大出身の祢酒氏と親しく交友していました。

好彦は次第に深酒にひたるようになりました。浜寺の自宅二階の広間にはバーがあり、かつては高級洋酒がならび、パーティーをしたところです。もともと酒に強い好彦はカウンターに腰掛け深夜まで飲むことが多くなりました。嫁の杏は止め、私もいさめました。でもやむことがなかったのです。

好彦はどうにもならず追いつめられました。病んでいたうつ症状がきつくなりました。頭痛がする。まるで冬眠したみたいにぼんやりする。どうにもならない。どうしよう。

老いた母、幼い子供たち、浜寺教室、古い家、家、家。すべてがくるくるまわる。

彼は発作的に拳銃を握りました。拳銃は軍隊からひそかに持ち帰ったものでした。

苦しい、苦しい。闇のなかにひとり。

瞬間、弾丸は両眼をうちぬきました。血が部屋を赤く染めました。壮絶な最期でした。

近くの病院に運ばれましたが、昭和三一年三月四日未明、好彦の命は絶えました。四二歳だったのです。

かけつけた私、仏間でその夜はまんじりともせず好彦のそばで過ごしました。涙ひとつ流さなかったのです。私が非情だったなどという人もありました。人は悲しみの深さのあまり涙も出ないということもあるのです。

私は知っていました、好彦の苦悶を。彼の生来の肉体がそれに耐ええないことも。そばにいて痛いほどわかっていました。時代の奔流が容赦なく襲いかかり、彼の脆弱な神経が耐えられなかったことを。

好彦自死を報道した数社の新聞は、その原因を浜寺教室の経営難や滞納している固定資産税による借金を苦にしたものと、報じていました。

好彦の死から半年、もぬけの殻のようになった私は「こもりゐ」しました。誰とも会わず悲嘆にくれ、人知れず涙しました。母露子七五歳、たったひとりの子を失った私はすっかりふけこんでしまいました。

杖にすがる小さく痩せた身体、真っ白の髪、高貴寺の和尚さんに撮ってもらった自分の写真を見て、驚きました。

好彦の死、これでいいのだ、と思いこもうとしました。「現し世の苦悩にみちました生涯をのがれて永遠の安らかな眠りに入りました」と高貴寺弘範住職への手紙でのべました。

私は決意しました。こころを奮いたたせて決めました。年が明けたら好彦の一周忌、その法要のときに、この好彦の愛したみ山に、好彦の安らかに眠れる地をつくろう。好彦と善郎と、そして私の墓を。

杉山家先祖代々の一七世紀からの二八基の墓は、富田林の西方寺の一郭にあります。そこには私の愛してやまなかった父上団郎や妹清も眠ります。

私はこの大地主杉山家四〇〇年繁栄の証である墓所とは別に、母子三人だけの墓所をつくろうとしました。

初めは躊躇されていた住職でしたが、高貴寺がこよなく好きだった好彦の姿を想い、私の願いをうけいれてくださいました。慈雲尊者のおくつきにいたる深奥の、杉並木の山道のほとりに墓地をさだめてくださったのです。

私のいちばん愛したのは好彦と善郎、ここには四〇〇年続いた家の重みもない、夫もいない、いっさいのしがらみを絶って、愛し合った母子三人だけの聖地なのです。

まもなく私はふたりの息子たちの傍らに逝きます。

ああこのうぐいすやほととぎすの声を聴きながら、私もここに眠るのです。

孤高の私のさびしくもせつない決断です。

エピローグ　〜あのひとの待つ花園へ

松村緑先生は、手紙やあるいはたびたびの来訪で、石上露子の『明星』や『冬柏』の歌や自伝を収め編んでいた『石上露子集』を出版し、世に問うことを勧めておられました。老いて孤独のあまりに薄幸な私をなぐさめたく、喜寿の祝いの捧げものとしたいというお気持ちでした。私はひっそりと誰にも知られることなく生を終えるつもりでした。

遠い昔、私が『冬柏』に復帰した五〇代のころ、与謝野晶子さまが歌を続けなさいと勧めてくださって、「人生に何が残り候やと考へ候へば、はかなきものながら歌のたぐひに候べし」という晶子さまのお言葉を、今になってすんなりとうけいれることができたのです。

松村緑先生の五回目の、最後となるのですが、富田林訪問の際、私はやっと出版を承諾いたしました。

昭和三三年五月一七日、この日私は松村先生をお連れして高貴寺の好彦の墓に墓参いたしました。老鶯が澄んだ声で鳴いていました。

私はこうして私のすべてを語り尽くしました。

もう私に思い残すことはありません。

この年の秋
清澄の夕
わたしは高貴寺の総門を出てゆっくりと坂を下りてゆきます。
眼下にひろがる南河内の里
黄金《こがね》の波うつ田野
風にゆれている尾花の白い穂
遠くくにざかいの丘陵に
真赤な太陽がおちてゆきます。
あかあかと染められた西方の空
バンクーバーの大洋におちてゆく陽
わたしの恋のほむら
あやしくもえる恋心の残照
わたしはあのひとの待っている花園へ
かえってゆくのです。

人の世の旅路のはての夕づく日　あやしきまでも胸にしむかな

石上露子（杉山タカ）の略年譜

1882（明治15）	1歳	大阪府石川郡富田林村に生まれる。大地主の父、杉山団郎の跡取娘として育てられる。3歳下の妹清、父の異母妹3人らの複雑な大家族。
1887（明治20）	6歳	父の出養生で大阪市東区北浜に、愛日小学校に通う。
1891（明治24）	10歳	富田林に帰り、小学校に。
1894（明治27）	13歳	母奈美不義の疑惑で離縁され、生家日下の河澄家に去る。
1895（明治28）	14歳	堂嶋の女学校に、まもなく梅花女学校に通うが、すぐ中退。
1896（明治29）	15歳	父再婚。継母や継祖母とは不仲。
1897（明治30）	16歳	家庭教師神山薫を迎え新時代の教育を受ける。 34年ころ解雇か。
1899（明治32）	18歳	神山と東北旅行、帰途東京で、神山の親戚長田家で長期滞在、長男、高等商業学校の長田正平を知り、恋仲に。
1900（明治33）	19歳	皇太子成婚で賑わう東京に妹ら6人で上京、正平と再会。夏、正平杉山家訪問、紀州旅行に同行しタカと親密に。
1901（明治34）	20歳	1月正平富田林を再訪。この時、父タカとの交際を禁じる。「婦女新聞」に投稿を始める。「婦女新聞」の小説、随想の有力な書き手となる。
1903（明治36）	22歳	10月31日、長田正平カナダのバンクーバーに出国、田村商会に。のち「大陸日報」の新聞記者として活躍。 石上露子として『明星』10月号に短歌3首掲載、明治41年の退社まで80首、美文4編、詩「小板橋」発表。浪華婦人会に入会し、慈善活動に活躍したり、その機関誌『婦人世界』に、女性の自由を求める生き方を随想や小説などで描く。
1904（明治37）	23歳	妹清の死。正平との恋の破たんから、家制度への疑問、反発。〈日露戦争〉「平民新聞」を購読し、その影響もあり、日露戦争への反戦歌や小説を書く。
1907（明治40）	26歳	12月17日、大和より片山荘平を婿に迎える。 翌年、すべての執筆活動を停止する。 29歳で長男善郎、34歳で次男好彦出産、30歳の時、父の死。
1919（大正8）	38歳	浜寺の別邸に子供らと転居。このころ夫と別居。
1931（昭和6）	50歳	京都に二人の息子と3年半暮らす。与謝野夫妻の『冬柏』に参加。
1941（昭和16）	60歳	〈太平洋戦争始まる〉長男善郎病死。
1945（昭和20）	64歳	〈敗戦〉1947年からの農地改革ですべての小作地を失う。
1956（昭和31）	75歳	次男好彦自死。
1959（昭和34）	78歳	10月8日脳出血で急逝。11月松村緑編『石上露子集』刊行。

あとがき

石上露子の生涯をたどってみたいとおもいました。

毎日、金剛葛城の山容を眺め、川風に息つきながら生きていた露子さんと私ですもの。

ここ数年、露子さんの血を吐くような青春の手紙、お産時代の幸せいっぱいの記録、晩年のおそいかかる時代の波濤にあくせくし、ついに静かな境地にいたる露子さんの書簡など、私の前に次々にあらわれてきました。ふしぎな出合いの僥倖です。

悲恋のヒロインとしての露子さんとは、また別の顔を発見しました。

よう書いてくれましたね、とにっこり喜んでくださる露子さん、まあ私の大事な秘密をあばいて、あんたも豊子さんみたいね、とこわいお顔でにらみつける露子さんの夢をみました。

時に私は露子さんになって書きました。重い梁や棟木の下で女たちをしばりつけていた生きづらいこの国のくびきをみつめ、あらがってきた露子や多くの女たち、その系譜の端っこに立つ私ですもの。

美しい歌をのこし、恋したすてきな露子さんを書きました。自由をもとめあらがった誇らしい人生でした。地主の傲慢さと旧弊な姑根性からぬけきれなかった露子さんには、反発しながら書きました。

この作品は、事実にもとづいて想像の翼をひろげたフィクションです。

資料の多くは、松本和男先生ご発掘の膨大な成果を利用させていただきました。

露子の永遠の恋人長田正平の歌は碓田のぼる先生の著作からお借りしました。

長年「石上露子を語る集い」の代表を務められた明星研究家の宮本正章先生には、貴重な資料をお借りし、露子像をイメージするのにご示唆をいただきました。

露子研究の新鋭、友人楫野政子さんには、露子作品掲載の文芸誌についての知識をいただきました。

著作の途上、「石上露子を語る会」のみなさんの応援で勇気づけられました。

地元にいる私に、露子をご存じの次のかたがたからエピソードをお聞きできて、生の露子をかたることができました。

浅野雅美、桧皮登世、古家眞一、武田千鶴子、玉城幸男、西村以子、
松本俊彰、安　富美子、山岡キク、山室真理の各氏

前回の『みはてぬ夢のさめがたく』に続き、私の初めての小説執筆に、竹林館の左子真由美さまや竹中葉月さまにご苦労おかけしました。

多くの人たちのご協力でできあがった小説です。ありがたいことです。

昨今、富田林寺内町が全国的にも知られるようになりました。二〇一九年は、露子没後六〇年にあたる記念の年です。寺内町の花として、富田林の明星派歌人石上露子が多くの人に愛され知られますように。

二〇一八年　師走

奥村和子

主な参考文献

松村　緑編『石上露子集』　中公文庫　一九九四年
松本和男著『評伝　石上露子』中央公論新社　二〇〇〇年
松本和男編著『石上露子をめぐる青春群像　上・下』　私家版　二〇〇三年
松本和男編『石上露子研究』　第一輯〜第九輯　一九九六〜一九九九年
松本和男編著『論集　石上露子』　中央公論事業出版　二〇〇二年
松本和男編著『石上露子文学アルバム』　私家版　二〇〇九年
大谷　渡編『石上露子全集』　東方出版　一九九四年
大谷　渡著『管野スガと石上露子』東方出版　一九八九年
碓田のぼる著『夕ちどり　忘れられた美貌の歌人・石上露子』　ルック　一九九八年
碓田のぼる著『不滅の愛の物語り』　ルック　二〇〇五年
碓田のぼる著『石川啄木と石上露子』　光陽出版社　二〇〇六年
碓田のぼる著『長田正平　石上露子が生涯をかけた恋人』　光陽出版社　二〇一〇年
宮本正章著『石上露子百歌　解釈と鑑賞』　竹林館　二〇〇九年
山中浩之著「江戸期富田林寺内町の生活と文化」　講演資料　二〇一八年
津田秀夫著『新版　封建経済政策の展開と市場構造』　御茶の水書房　一九七七年
北沢紀味子著『露の舞　私の石上露子と織田作之助』　千鳥社　一九九二年
石上露子を語る集い編『ひたに生きて　芝昇一遺稿集』　二〇〇八年
石上露子を学び語る会（代表・坂本吉志弥）編『石上露子の人生と時代背景』二〇一二年
山縣親子著『歌集　あゆみ』日本歌人発行所　昭和三五年
山縣與一編『白菊　山縣親子追想』　セイビドウ　昭和五二年
祢酒太郎著『とんだばやし歴史散歩』　一九七六年

山崎豊子著『花紋』　新潮文庫　昭和四九年
新潮社山崎プロジェクト室編
『山崎豊子　スペシャル・ガイドブック』　新潮社　二〇一五年
藤範紘成著『紀州の旅』　私家版　二〇一二年
三田英彬著『〈評伝〉竹久夢二』　芸術新聞社　二〇〇〇年
緒方正清編『助産之栞』　緒方記念財団所蔵
管野須賀子研究会編『管野須賀子と大逆事件』
せせらぎ出版　二〇一六年
松本　弘著
『近鉄長野線とその付近の名所旧跡について』平成三〇年
奥村和子・楫野政子共著
『みはてぬ夢のさめがたく　新資料でたどる石上露子』
竹林館　二〇一七年
奥村和子著『中谷善次　ある明星派歌人の歌と生涯』
竹林館　二〇一二年
『富田林市史』第二巻・第三巻
富田林市史編集委員会　平成一六年
『創立百周年記念誌　地域と共に』
堺市立浜寺小学校　二〇〇三年

『三丘百年』　府立三国丘高等学校　一九九五年
『今宮史記　―百年の歩み―』
府立今宮高等学校　二〇〇八年
『夕陽丘百年』　府立夕陽丘高等学校　二〇〇六年
『富田林市立富田林幼稚園創立百年記念誌』　平成二六年
網　信二著『改訂　堺大空襲をさぐる』
制作㈱GU企画　二〇〇五年
『明星』（復刻版）　創刊号・露子作品所載の号
「婦女新聞」（復刻版）　創刊号・露子作品所載の号
週刊「平民新聞」（復刻版）　創刊号・一四号・一五号他
「直言」（復刻版）　婦人号　明治三八年四月二三日他
『婦人世界』　露子作品所載の号
『サンデー毎日』（複写）　昭和五年　玉城幸男氏所蔵
「前田弘範宛杉山孝子書簡」　高貴寺所蔵
『山川日本史』　山川出版社　二〇〇九年
家永三郎編『日本の歴史5』　ほるぷ出版　一九八二年

著者略歴

奥村和子（おくむら・かずこ）

一九四三年大阪府富田林市生まれ

大阪女子大学国文科卒　二〇〇三年まで大阪府立高校教員

所属

「日本現代詩人会」会員　「関西詩人協会」運営委員　「石上露子を語る会」会員

「大阪産経学園」「文芸すいた」講師

主な著作

詩集『渡来人の里』（一九八四年 ポエトリーセンター）

詩集『食卓の風景』（一九九六年 竹林館）

詩集『めぐりあひてみし　源氏物語の女たち』（二〇〇七年 竹林館）

評伝『中谷善次　ある明星派歌人の歌と生涯』（二〇一二年 竹林館）

評論『みはてぬ夢のさめがたく――新資料でたどる石上露子』（共著　二〇一七年 竹林館）

現住所

〒584-0001　大阪府富田林市梅の里一－一五－四

恋して、歌ひて、あらがひて
──わたくし語り石上《いそのかみ》露《つゆ》子《こ》

2019年1月11日　第1刷発行

著　　者　奥村和子
発 行 人　左子真由美
発 行 所　㈱ 竹林館
〒530-0044　大阪市北区東天満2-9-4　千代田ビル東館7階FG
Tel　06-4801-6111　Fax　06-4801-6112
郵便振替　00980-9-44593　URL http://www.chikurinkan.co.jp
印刷・製本　モリモト印刷株式会社
〒162-0813　東京都新宿区東五軒町3-19

ISBN978-4-86000-398-2　C0093

定価はカバーに表示しています。落丁・乱丁はお取り替えいたします。